모두가 나의 아들

All My Sons

ALL MY SONS:
A Drama in Three Acts
by Arthur Miller

세계문학전집 287

모두가 나의 아들

All My Sons

아서 밀러

최영 옮김

민음사

차례

모두가 나의 아들 9

장면 설명

1막 미국 소도시 교외, 켈러의 집 뒤뜰. 때는 현대, 8월.

2막 같은 장소. 같은 날 저녁, 석양 무렵.

3막 같은 장소. 다음 날 새벽 2시.

1막

미국 소도시 교외, 켈러의 집 뒤뜰. 때는 현대, 8월.

무대는 좌우로 뻗어 있으며 키 큰 포플러 나무로 빽빽이 둘러쳐 있어서 격리된 분위기다. 무대 뒤쪽으로는 집 뒷면이 서있고 지붕이 없이 훤히 트인 포치가 6피트가량 뜰 쪽으로 뻗어 나와 있다. 집은 2층이고 방이 일곱 개이다. 이 집이 지어졌을 당시인 1920년대 초에는 집값이 아마도 1만 5천 달러는 됐을 것이다. 집은 현재 깨끗하게 칠이 되어 있고, 잘 정돈되어 있으며 안락해 보인다. 푸른 잔디가 깔린 마당에는 여기저기 철 지난 풀들이 나 있다. 집의 오른쪽 옆으로는 차량 진입로가 보인다. 그러나 포플러 나무 때문에 무대 앞쪽으로 이어지는 길은 보이지 않는다. 무대 앞 왼쪽 구석에는 4피트 높이의 가느다란 사과나무 그루터기가 서 있는데, 그 몸통 윗부분과 가지들은 열매를 단 채로 부러져 곁에 쓰러져 있다. 무대 앞 오른쪽에는 조개껍질 모양의 격자 울타리가 세워진 작은 정자가 있고, 앞쪽으로 곡선을 이루는 지붕에는 장식용 전구가 한 개 달려 있다. 그 주변에는 정원용 의자 몇 개와 탁자 하나가 놓여 있다. 포치 층계 바로 옆 마당에 쓰레기통이 있고, 그 근처에 낙엽을 소각하기 위한 철제 버너가 있다.

막이 오르면, 때는 일요일 이른 아침이다. 조 켈러가 앉아서 햇빛을 받으며 일요판 신문의 광고란을 읽고 있다. 신문의 다른 지면들은 그의 옆에 잘 접힌 채로 놓여 있다. 켈러의 등 뒤로는 정자 안에서 의사 짐 베일리스가 탁자 위에 놓인 신문을 읽고 있다.

켈러는 육십이 다 되어 간다. 둔감한 정신과 몸의 육중한 남자로 긴 세월 사업가로 지내 왔지만, 아직도 기계 공장의 직공이자 십장의 흔적이 남아 있다. 그는 뭔가 읽거나 말하거나 들을 때, 일반적으로 널리 알려진 것들에 대해서도 일일이 경이로워하며 자신의 경험과 촌로 수준의 상식선에서 판단을 내려야만 하는 교육받지 못한 사람 특유의 무서운 집중력을 보인다. 그는 사나이 중의 사나이다.

베일리스 의사는 마흔에 가까운 남자다. 달변가이지만 자제심이 강하고 냉소적이다. 하지만 그의 자기 비하적인 유머 감각에서는 언뜻 비애감마저 느껴진다.

막이 오르고, 왼쪽에 서 있는 짐은 부러진 나무를 쳐다보는 중이다. 나무 그루터기에 파이프를 털고 나서 입으로 분 뒤 호주머니에서 담배를 더듬어 찾으며 말한다.

짐   담배 어디다 두셨어요?

켈러   탁자 위에 둔 것 같은데. (짐, 천천히 오른쪽에 있는 정자
        안 탁자로 걸어간다. 담배쌈지를 발견하고는 벤치에 앉아
        서 파이프에 담배를 채운다.) 오늘 밤에 비가 올 것 같군.

짐   신문에서 그래요?

켈러   그래, 바로 여기에 실려 있네.

짐   그렇다면 비는 안 오겠군요.

(프랭크 루비가 오른쪽 포플러 나무 사이 작은 틈새로 들어온다. 프
랭크는 서른두 살이지만 머리가 벗겨지는 중이다. 활달하지만 고집
이 세며, 자신에 대한 확신이 없고 방해를 받으면 툴툴대는 성격이
다. 그러나 항상 쾌활하고 우호적인 사람으로 보이고 싶어 한다. 프
랭크는 일 없이 여유롭게 어슬렁거리며 들어선다. 그는 정자에 있는
짐을 알아채지 못한다. 프랭크가 인사하자 짐은 일부러 외면한다.)

프랭크   안녕하세요.

켈러   아, 프랭크. 무슨 일이지?

프랭크   아무 일도 아닙니다. 그냥 아침 먹은 걸 소화시키려고 산
        보 중이죠. (하늘을 쳐다본다.) 아름답지 않아요? 구름 한
        점 없이.

켈러   (하늘을 쳐다보면서) 그래. 좋군.

프랭크   모든 일요일이 이래야만 하는데 말입니다.

켈러   (옆에 놓인 신문을 가리키며) 신문 보겠나?

프랭크   별거 있으려고요. 전부 나쁜 뉴스들뿐이지. 오늘의 재

앙은 또 뭐랍니까?

켈러 모르겠어. 뉴스 면은 더 이상 읽지 않거든. 광고란이
더 재미있어.

프랭크 왜요, 뭘 사시려고요?

켈러 아니, 그냥 흥미가 있다네. 사람들이 원하는 게 뭔지
말이야. 그런데 자네, 이거 아나? 예를 들면 여기 뉴펀
들랜드 산 개 두 마리를 찾는 사람이 있어. 그래, 뉴펀
들랜드 산 개 두 마리로 과연 뭘 하려는 걸까?

프랭크 웃기는군요.

켈러 여기 또 하나 있어. 옛날 사전 구함. 고가 매입. 그래,
옛날 사전을 가지고 뭘 하려는 거지?

프랭크 안 될 거 있나요? 어쩌면 서적 수집상인가 보지요.

켈러 그런 걸로 생계를 꾸려 나간다고?

프랭크 물론이에요. 그런 사람들 꽤 많습니다.

켈러 (머리를 가로저으며) 별별 직업이 다 있군그래. 우리 때
는 변호사가 되거나, 의사가 되거나, 아니면 상점에서
일했지. 그런데 이제는…….

프랭크 글쎄, 전 한때 산림 감독관이 되려고 했어요.

켈러 그래, 자네답군. 우리 땐 그런 게 없었지. (손으로 신문
을 쓸어 넘기며 각 면을 살핀다) 자네도 이런 기사를 읽
다 보면 자기가 얼마나 아는 게 없는지를 알게 될 거
야. (신문을 훑어보다가 놀라운지 조그만 소리로) 쯧!

프랭크 (나무를 바라보며) 저런, 이 집 나무는 왜 이렇게 된 겁
니까?

켈러   보기 흉한가? 간밤에 바람이 불어서 저렇게 된 것 같아. 자네도 바람 소리를 들었을 거야, 그렇지?

프랭크   네, 저희 뜰도 엉망이에요. (나무 쪽으로 간다.) 가엾기도 하지. (켈러를 향해 돌아서며) 아주머니는 뭐라고 하세요?

켈러   다들 아직 자고 있어. 집사람이 이걸 보길 기다리는 중일세.

프랭크   (불현듯 놀라며) 근데 말이에요, 이것 참 이상한데?

켈러   뭐가?

프랭크   래리가 8월생이잖아요. 이번 달이면 스물일곱이 되고요. 그런데 래리의 나무가 부러지다니.

켈러   (감동한 듯) 프랭크, 자네가 그 아이 생일을 기억하다니 놀랍군. 고마운 일이야.

프랭크   실은 제가 별자리로 래리의 운세를 보고 있거든요.

켈러   어떻게 그 아이 운세를 별자리로 본다는 겐가? 별자리 점은 미래를 위해서 치는 거잖아?

프랭크   아, 제가 보는 건 이런 거예요. 래리는 11월 25일에 실종된 걸로 보도되었잖아요?

켈러   그런데?

프랭크   음, 그런데 만약 래리가 죽었다면 우린 그게 11월 25일에 일어난 일이라고 치는 겁니다. 그리고 아주머니께서 원하시는 건…….

켈러   아, 집사람이 별자리 점을 봐 달라고 부탁했나?

프랭크   네, 아주머니가 알고 싶어 하시는 건 11월 25일이 래리에게 길일이었는지에 대한 거예요.

켈러   무슨 소리지? 길일이라니?

프랭크   그게, 길일이라는 건 타고난 별자리에 따른 행운의 날이라는 뜻인데요. 달리 말하자면 길일에 죽는다는 건 실제로 불가능하다는 얘기가 되겠죠.

켈러   알았네, 그럼 그 날, 그러니까 11월 25일이 래리에게 길일이었나?

프랭크   제가 지금 그걸 알아보려는 중이에요. 시간이 꽤 드는 일이라니까요! 보세요, 요점은 만일 11월 25일이 래리에게 길일이었다면 그 아이가 어딘가에 살아 있다는 것도 완전히 말이 되는 일이라는 거예요. 왜냐하면…… 아니 제 말은, 가능할 수도 있다는 뜻이에요. (그제야 짐을 알아본다. 짐은 바보 같다는 시선으로 프랭크를 보고 있다. 프랭크, 짐에게 어정쩡한 웃음을 지어 보인다.) 여기 계신 줄 몰랐지 뭐요.

켈러   (짐에게) 이 친구가 말이 되는 소릴 하는 건가?

짐   프랭크요? 네, 나름대로 말 되는 소리겠죠. 그 사람 자체가 완전히 제정신이 아니라는 것만 빼면. 그게 다예요.

프랭크   (성이 나서) 당신 문제는, 아무것도 믿지 않는다는 거요.

짐   그리고 자네 문젠 뭐든지 믿는다는 거지. 그런데 오늘 아침 내 아들 못 봤나?

프랭크   못 봤소.

켈러   상상이 되나? 제 아빠 체온기를 들고 나갔다네. 아빠

가방에서 꺼내서 말이야.

짐   (자리에서 일어나며) 골칫거리예요. 여자애만 보면 체
      온을 잰다니까요. (진입로 쪽으로 가서, 무대 안쪽으로 거
      리를 내다본다.)

프랭크 그 녀석은 진짜 의사가 될 거요. 똑똑하거든.

짐   나 죽거든 의사를 하든 말든 하라고 해. 시작치고 괜찮
      겠지.

프랭크 왜? 명예로운 전문직 아니오.

짐   (지친 듯이 그를 쳐다보면서) 프랭크, 제발 도덕 교과서
      처럼 말하지 않을 수 없나? (켈러 웃는다.)

프랭크 왜 그러는 거요, 이삼 주 전에 영화를 보았는데, 당신
      생각이 나지 뭐요. 영화에 의사가 나오는데…….

켈러   돈 아메치* 영화!

프랭크 그랬던 것 같네요, 맞아요. 그런데 그 사람이 지하에
      서 뭔가를 발견하려고 연구를 하는 거예요. 그런 게
      바로 당신이 할 일이오. 인류를 위해 공헌할 수 있다
      고요. 지금 하는 것 같은 일 대신…….

짐   나도 워너 브라더스**에서 주는 월급이면 기꺼이 인류
      를 돕겠네.

켈러   (웃으면서 짐을 가리킨다.) 그거 괜찮은데, 짐.

짐   (집 쪽을 쳐다보며) 그런데 여기 오기로 한 그 예쁜 아

---

* Don Ameche(1908~1993). 아카데미 상을 수상한 미국 배우.

** Warner Brothers Pictures Inc. 미국의 영화 제작 및 배급 회사.

가씨는 어디 계시지?

프랭크 (들떠서) 애니가 왔어요?

켈러 그래, 2층에서 자고 있네. 어젯밤 1시 기차로 도착한 애니를 직접 데려왔어. 놀랄 일이지 뭔가. 여길 떠날 때는 비쩍 마른 꼬마였는데. 몇 년 지나고 보니까 완전히 다 큰 여자가 된 거야. 알아볼 수가 없을 지경이었어. 예전에는 이 뜰을 마냥 들락거리며 뛰놀던 앤데. 짐, 자네 집에 살았던 가족은 아주 행복한 사람들이었다네.

짐 만나 보고 싶군요. 이 동네에도 미인이 있어야 돼요. 이 근방 어디에도 볼 만한 게 없으니, 원. (짐의 아내인 수가 왼쪽에서 등장한다. 마흔이 가까운 뚱뚱한 여인으로 과체중을 두려워하고 있다. 아내를 본 짐이 비꼬듯 덧붙인다.) 물론 우리 마누라는 빼고 말이죠.

수 (똑같이 비꼬는 투로) 애덤스 부인 전화예요. 밝히는 양반.

짐 (켈러에게) 언제나 이렇답니다. (아내에게로 가면서) 내 사랑, 내 빛…….

수 쿵쿵거리면서 바짝 붙지 좀 마세요. (왼쪽, 그들의 집을 가리키며) 그리고 그 여자한테 뭐라고 한마디 좀 해 줘요. 전화기 너머까지 그 여자 향수 냄새가 진동할 정도라고요.

짐 이번엔 뭐가 문제래?

수 몰라요, 여보. 엄청나게 끔찍한 고통을 겪는 목소리던데. 아니면 입안 가득 사탕을 물고 있었을 수도 있지만.

짐   왜 그냥 가만히 누워 있으면 된다고 하지 않은 거야?

수   그 여잔 당신이 누워 있으라고 해야 더 좋아하잖아요. 그나저나 허바드 씨 왕진은 언제 갈 거예요?

짐   여보, 허바드 씨는 아프지 않아. 그리고 난 거기 가서 그치 손이나 붙잡고 있는 것보다 더 나은 일을 해야 한다고.

수   제가 보기에 당신도 10달러면 얼마든지 손잡아 줄 수 있을 거 같은데요.

짐   (켈러에게) 아드님이 골프를 치겠다면 전 준비가 됐다고 전해 주세요. (왼쪽을 향하면서) 아니면 한 삼십 년간 세계 일주 여행도 괜찮겠다고 말이죠. (왼쪽으로 퇴장한다.)

켈러   왜 남편을 그렇게 괴롭히나? 당신 남편은 의사야. 여자들이 전화를 걸 수도 있지.

수   전 그저 애덤스 부인이 전화를 걸었다는 말밖에 안 했어요. 그나저나 댁의 파슬리를 좀 얻어 갈 수 있을까요?

켈러   아, 물론이지. (수가 왼쪽의 파슬리 상자로 가서 파슬리를 조금 집어 든다.) 당신은 간호사 생활이 너무 길었던 게야. 너무…… 지나치게…… 현실적이거든.

수   (웃으면서, 켈러를 가리킨다) 맞아요! (오른편에서 리디아 루비가 등장한다. 리디아는 스물일곱 살 난, 건장하고 잘 웃는 여인이다.)

리디아   프랭크, 토스터 말이에요……. (다른 사람들을 본다.) 안녕하세요.

켈러   안녕!

리디아   (프랭크에게) 토스터가 또 고장이에요.

프랭크   음, 플러그를 꽂아 봐. 내가 방금 고쳤는걸.

리디아   (상냥하지만 집요하게) 제발, 여보, 전처럼 돌아가게 해 줘요.

프랭크   토스터처럼 간단한 걸 왜 못 켜는지 모르겠단 말이야! (프랭크, 오른편으로 퇴장한다.)

수   (웃는다.) 토머스 에디슨 나셨군.

리디아   (변명조로) 저이는 정말이지 손재주가 있거든요. (부러진 나무를 발견한다.) 어머나, 나무가 바람에 저렇게 된 거예요?

켈러   그래, 어젯밤에.

리디아   저런, 안됐네요. 애니는 왔나요?

켈러   곧 내려올 거다. 기다렸다 만나 보고 가지. 수, 그 애는 굉장히 예뻐졌어.

수   제가 남자로 태어났어야 했지 싶어요. 다들 언제나 제게 예쁜 여자들을 소개시켜 주거든요. (켈러에게) 나중에 저희 집에 놀러 오라고 전해 주세요. 우리들이 원래 자기 집을 어떻게 해 놨는지 보고 싶을 테니까. 그리고 파슬리 고마워요. (수 왼편으로 퇴장한다.)

리디아   아직도 그 애는 불행한가요, 조 아저씨?

켈러   애니 말이니? 발랄하게 춤추며 돌아다니지야 않지만,
      극복한 것 같아 보이더구나.

리디아 결혼은 하려고 하나요? 누군가가 있나요……?

켈러   내 생각엔…… 그래, 벌써 몇 해가 지났지. 영원히 한
      남자를 애도할 수는 없지 않겠니.

리디아 이상하죠……. 여기 애니가 있는데 아직 결혼도 못 했
      다니 말이에요. 그런데 저에게는 애가 셋이나 있고.
      저는 항상 그 반대가 될 거라고 생각했거든요.

켈러   그래, 전쟁이 그렇게 한 거지. 내게도 아들이 둘 있었
      지만 이제는 하나뿐이구나. 전쟁이 모든 계산을 바꿔
      버렸어. 우리 땐 말이다, 아들이 여럿 있는 게 영예였
      지. 요즘 같아 봐라, 방아쇠를 당길 수 있는 집게손가
      락이 없는 사내애를 태어나게 할 수 있는 방법을 알아
      낸다면 의사들이 백만 달러는 벌 게다.

리디아 저기, 제가 방금 읽은 얘긴데요……. (크리스 켈러, 집
      에서 나와 포치 입구에 선다.) 안녕, 크리스……. (프랭크
      가 오른편 무대 뒤에서 소리친다.)

프랭크 리디아, 이리 와서 봐! 토스터 켤 때 믹서를 같이 돌리
      지 말라고.

리디아 (당황한 채 웃는다.) 내가 그랬어요?

프랭크 다음에 내가 뭔가를 고칠 땐 말이지 날 미친 놈 취급
      하지 말라고! 자, 여기 와서 봐 봐!

리디아 (켈러에게) 이런 소리를 평생 들어야 하겠죠.

켈러   (프랭크를 향해) 그래서 뭐가 다르단 말인가? 믹서에

간 곡식이랑 토스트 사이에!

리디아   쉿, 쉿! (오른편으로 퇴장한다, 웃으면서.)

(리디아의 뒷모습을 크리스가 지켜본다. 서른두 살인 그는 아버지
를 닮아 건장한 체격에 남의 말을 잘 들어주는 편이다. 또한 무한한
애정과 충성을 보일 수 있는 사람이다. 한 손에 커피 잔을, 다른 손에
도넛 한 조각을 들고 있다.)

켈러   신문 볼 거냐?

크리스   괜찮아요. 서평란만 보면 돼요. (몸을 굽혀 포치 바닥에
         놓인 신문 뭉치 중 몇 장만 빼낸다.)

켈러   항상 서평란만 읽으면서, 한 번도 책은 안 사는구나.

크리스   (긴 의자 쪽으로 다가오면서) 아예 무식하지는 않으려
         는 거죠, 뭐. (긴 의자에 앉는다.)

켈러   무슨 뜻이니? 매주 새 책이 나온다는 뜻이니?

크리스   아주 많은 신간들이요.

켈러   제각각 모두 다른.

크리스   제각각 모두 다른.

켈러   (고개를 절레절레 흔든다. 칼을 벤치에 두고 기름숫돌을 캐
         비닛으로 가져간다.) 쯧! 애니는 아직 안 일어난 게냐?

크리스   어머니가 식당에서 애니에게 아침을 차려 주고 계
         세요.

켈러   (무대 앞쪽 등받이 없는 의자 옆으로 가로질러 간다. 부러
         진 나무를 바라본다.) 이 나무가 어떻게 됐는지 봤니?

크리스   (외면한 채로) 네.

켈러   네 어머니가 뭐라고 할까? (버트가 진입로 쪽에서 달려
       온다. 여덟 살 정도 된 꼬마다. 아이가 등 없는 의자 위로 뛰
       어올라 켈러의 등 위로 업힌다.)

버트   드디어 일어나셨네요.

켈러   (버트를 그네 태우듯 흔들어 준 다음 내려놓으며) 이런!
       버트가 여기 있었네! 토미는 어디 있지? 아빠 체온계
       를 또 갖고 나갔는데?

버트   걘 체온을 재고 있어요.

크리스   뭐라고!

버트   그냥 입으로 재는 거요.

켈러   아, 그렇구나. 입으로 재는 건 나쁠 거 없지. 그래, 버
       트, 오늘 아침에 뭔가 새로운 일이라도 있었니?

버트   없어요. (부러진 나무로 가서 그 주위를 걷는다.)

켈러   그러면 넌 이 동네를 샅샅이 조사하질 않았어. 맨 처
       음 내가 널 경찰관에 임명했을 때 넌 매일 아침마다
       새 소식을 갖고 왔지. 그런데 이젠, 새로운 게 없다니.

버트   30번가에서 온 꼬맹이 몇을 빼면요. 걔들이 이 동네에
       서 깡통 차기를 하면서 놀고 있기에 제가 돌아가라고
       했어요. 할아버지가 주무신다고요.

켈러   이제야 우리 버트가 입을 열었군. 이제야 네가 뭔 일
       을 해야 하는지 감을 잡은 거구나. 꼭 기억해야 할 건
       널 형사로 만든 책임이 나한테 있다는 거야.

버트   (켈러의 옷깃을 잡아당기면서 그의 귀에다 대고 속삭인

다.) 지금 감옥을 볼 수 있어요?

켈러   감옥은 보여 줄 수 없어, 버트. 너도 잘 알잖니.

버트   에이, 감옥이 없다는 거 저도 알아요. 지하 창고 창문
       에서 쇠창살을 못 봤는걸요.

켈러   버트, 지하실에 감옥이 있다는 건 명예를 걸고 맹세하
       마. 너한테 내 총을 보여 줬잖니, 그렇지?

버트   그렇지만 그건 사냥총이에요.

켈러   체포할 때 사용하는 총이야!

버트   그러면 왜 아무도 체포 안 하세요? 토미가 어제 도리
       스한테 또 욕지거리를 해 댔어요. 그런데도 토미 직위
       를 그대로 두셨잖아요.

켈러   (낄낄 웃으며 크리스에게 윙크한다. 크리스도 이 모든 걸
       재미있어하고 있다.) 맞아, 위험인물이지, 토미 말이다.
       (버트를 좀 더 가까이 오도록 손짓하며) 무슨 욕을 했다
       는 거지?

버트   (몹시 당황해서 재빨리 뒤로 물러서며) 아, 말씀드릴 수 없
       어요.

켈러   (셔츠를 잡고 그를 끌어당기면서) 그럼 힌트라도 좀 주렴.

버트   할 수 없어요. 그건 나쁜 말이에요.

켈러   내 귀에 대고 말해 봐라. 할아버진 눈을 감고 있을 테
       니. 어쩌면 내가 못 들을지도 모르지.

버트   (까치발을 하고 서서, 켈러에 귓가에 입을 댄다. 그러나 참
       을 수 없이 멋쩍어져서 뒷걸음질을 친다.) 켈러 할아버지,
       못 하겠어요.

크리스   (웃음을 터뜨리며) 그만하라고 하세요.

켈러   좋아, 버트. 네 말을 믿는다. 이제는 나가 봐라. 경계를
          늦추지 말고.

버트   (흥미를 느끼며) 뭣 때문에요?

켈러   뭣 때문이냐니! 버트, 이 동네 전체가 너한테 의지하고
          있는데. 경찰은 묻지 않는 법이다. 자, 방심하지 말고!

버트   (뭐가 뭔지 모르면서도 기꺼이) 예. (정자 뒤, 오른편 무대
          밖으로 달려 나간다.)

켈러   (버트 뒤에 대고 소리치며) 딴 사람들한테는 얘기하지
          마라, 버트.

버트   (걸음을 멈추고 정자 사이로 머리를 내밀며) 뭘 말이에요?

켈러   그저 모두 다. 아주, 아주 조심하란 소리야.

버트   (어리둥절한 상태로 고개를 끄덕인다.) 알아요. (버트 무
          대 오른쪽 앞으로 퇴장한다.)

켈러   (웃으며) 내가 애들을 놀라게 해 줬지!

크리스   조만간 애들 모두 아버지를 흠씬 두들길 거 같아요.

켈러   네 어머니가 뭐라고 할 거 같니? 이 나무를 보기 전에
          우리가 먼저 말해 줘야 할 것 같구나.

크리스   이미 보셨어요.

켈러   어떻게 본 거지? 내가 제일 처음 일어나는데. 네 어머
          닌 아직도 자고 있었단 말이다.

크리스   어머닌 나무가 부러질 때 여기 나와 계셨어요.

켈러   언제 말이냐?

크리스   오늘 새벽 4시쯤요. (머리 위의 창문을 가리키며) 저도

나무가 부러지는 소릴 듣고 일어나서 내다봤어요. 나무가 부러질 때 어머닌 바로 여기에 서 계셨어요.

켈러   새벽 4시에 네 어머니가 여기서 뭘 하고 있던 걸까?

크리스 모르죠, 뭐. 나무가 부러지자마자 어머니는 집안으로 뛰어 들어오시더니 부엌에서 우시더라고요.

켈러   어머니한테 말을 걸어 보았니?

크리스 아뇨, 저는…… 혼자 계시게 하는 게 제일 좋을 거라고 생각했거든요. (말을 멈춘다.)

켈러   (감정적으로 몹시 동요하며) 네 어머니가 심하게 울더냐?

크리스 제 방 바닥 아래에서 곧바로 어머니 울음소리가 들렸어요.

켈러   (잠시 말을 멈춘 다음) 네 어머닌 그때 대체 여기서 뭘 하고 있던 거야? (크리스, 침묵한다. 숨겨진 분노가 드러난다.) 또 그 애 꿈을 꾼 거로군. 밤새 돌아다닌 거야.

크리스 그런 것 같아요.

켈러   그 애가 죽은 후론 그렇게 돼 버렸지. (잠시 침묵) 그게 무슨 뜻일까?

크리스 저도 무슨 뜻인진 모르겠어요. (말을 멈춘다.) 하지만 한 가지는 알아요, 아버지. 우리가 어머니한테 큰 실수를 했다는 거요.

켈러   뭐라고?

크리스 어머니께 솔직하지 않았던 것. 이런 일은 언제나 대가를 치르게 마련이죠. 지금 그 대가를 치르는 중이라고요.

켈러   무슨 소리냐. 솔직하지 않았다니?

크리스   래리가 돌아오지 않을 거라는 걸 아버지는 알고 계세요. 저도 잘 알고요. 그런데 왜 우리가 어머니와 똑같이 믿고 있다고 생각하시게 하는 거예요?

켈러   넌 뭘 바라니, 네 어머니랑 말다툼이라도 하고 싶은 거니?

크리스   어머니랑 말다툼을 하고 싶은 게 아니에요. 하지만 어머니도 이제는 래리가 살아 있다고는 아무도 안 믿는다는 걸 아실 때가 됐어요. (켈러, 하릴없이 걸음을 옮긴다. 생각에 잠겨, 땅바닥을 내려다보며) 왜 어머니가 그 애 꿈을 꾸고 그 애를 기다리며 밤새 헤매고 돌아다니지 않으면 안 되는 거예요? 우리가 어머니랑 싸우자는 건가요? 더 이상 아무런 희망이 없다는 걸 분명하게 말하는 게 왜 안 되는 거예요? 이미 여러 해 동안 희망 따윈 어디에도 없었다고요.

켈러   (이 모든 생각에 깜짝 놀라) 네 어머니에게 그런 소리일랑 하지 마라.

크리스   말씀해야만 해요.

켈러   어떻게 증명해 보일 건데? 증명을 할 수나 있니?

크리스   아, 제발. 삼 년이라고요! 삼 년이 지났으면 아무도 돌아오지 않는 거예요. 이건 다 미친 짓이라고요.

켈러   네게는 그럴 거다. 그리고 내게도 그렇기는 해. 하지만 네 어머니에게만은 그렇지가 않다. 네가 스스로 귀에 못이 박히도록 말할 수야 있겠지. 하지만 시신도 없고 무덤도 없으니 넌들 어떻게 하겠니.

크리스　앉아 보세요, 아버지. 저 드릴 말씀이 있어요.

켈러　(아들을 찬찬히 살펴본 뒤 자리에 앉는다……) 문제는 그 빌어먹을 놈의 신문이다. 매달 누군가가 아무 데서나 불쑥불쑥 나타나지 않니. 그러니 다음 차례는 래리일지도 모른다는 거야. 그래서…….

크리스　네, 알았어요. 일단 제 말 좀 들으세요. (잠시 침묵. 켈러가 등받이 없는 긴 의자에 앉는다.) 제가 왜 애니를 여기로 오라고 했는지 아버지는 아시죠, 그렇죠?

켈러　(알고 있으면서도…….) 왜 불렀니?

크리스　아시잖아요.

켈러　글쎄다, 짐작은 한다만. 그런데…… 대체 무슨 말을 하려는 거니?

크리스　전 애니에게 청혼하려고 해요. (잠시 침묵)

켈러　(고개를 끄덕인다.) 그래, 네가 알아서 할 일이지, 크리스.

크리스　이게 제가 알아서 한다고 될 일이 아니란 거 아시잖아요.

켈러　내가 어떻게 하면 좋겠니? 너도 네 마음이라면 스스로 알 만한 나이잖니.

크리스　(화가 나서 묻는다.) 그럼 됐어요. 제가 이대로 계속해도 될까요?

켈러　음, 너는 네 어머니가 반대 안 할 거라고 확인하고 싶어 하는 것 같은데…….

크리스　그러니까 이 문제는 제가 알아서 할 문제라곤 할 수 없죠.

켈러   내가 할 수 있는 말은 그저…….

크리스 아버지는요, 저를 가끔 굉장히 화나게 하세요. 아세요? 제가 어머니한테 이 이야기를 하고 어머니가 신경질을 낸다면 그건 아버지 일이기도 하잖아요? 그런데 아버지는 일을 무시해 버리는 재주가 있으세요.

켈러   무시할 만한 일을 무시하는 거란다. 그 여자앤 래리의 여자잖니…….

크리스 애니는 래리의 여자가 아니에요.

켈러   네 어머니가 보기에 래리는 아직 죽지 않았고, 그러니까 너는 래리의 여자와 함께할 권리가 없다는 거란다. (잠시 침묵) 만일 어디로 가야 할지 안다면 거기서부터 계속해 나가려무나. 그런데 말이다, 아버진 너에게 네가 어디로 가야 할지 모르고 있다는 걸 말하는 거야. 알겠냐? 나도 모르겠다. 내가 널 위해서 뭘 해 줄 수 있을지.

크리스 왠지는 모르겠지만 매번 제가 원하는 걸 갖기 위해 손을 뻗을 때마다 전 뒤로 물러서야만 했어요. 왜냐하면 다른 사람들이 힘들어할 테니까. 제기랄, 제 평생 그랬어요. 헤아릴 수도 없어요.

켈러   네가 사려 깊은 아이라서야. 그게 잘못된 건 아니란다.

크리스 집어치우라 그래요.

켈러   애니한테 청혼은 했니?

크리스 일단 이 문제부터 정리하고 싶었어요.

켈러   애니가 너와 결혼을 할지 어떻게 아니? 어쩌면 애니
       도 네 어머니랑 똑같은 생각을 하는 건 아닐까?

크리스   글쎄, 그렇다면 그걸로 끝이죠. 애니가 보내는 편지로
       봐선 래리를 잊은 것 같아요. 제가 확인할 거예요. 그
       다음엔 우리가 어머니랑 이 문제의 해결을 보면 돼요,
       아시겠죠? 아버지, 저를 피하지 마세요.

켈러   문제는 말이다, 네가 여자를 많이 만나 보질 못했다는
       거야. 넌 한 번도 그런 적이 없었어.

크리스   그게 뭐 어때서요? 저는 여자 꽁무니만 쫓아다니진
       않았어요.

켈러   왜 네 상대가 애니여야만 하는지 난 모르겠다.

크리스   제 상대는 애니이기 때문이에요.

켈러   말은 그럴듯하다만 그걸론 아무 답도 되지 않아. 전쟁
       에 나간 이후로 넌 그 앨 만나지 않았잖니. 오 년이나
       지났는데도 말이다.

크리스   그건 어쩔 수 없어요. 애니를 제일 잘 아는 건 저예요.
       걔랑 바로 옆집에서 같이 자랐잖아요. 그런데 몇 년간
       누군가를 제 아내로 맞는다고 생각할 때면, 저는 애니
       를 떠올렸어요. 대체 뭘 더 원하시는 거예요, 도표라도
       보여 드려요?

켈러   도표를 원하는 게 아니다……. 난…… 나는…… 그 애
       는 래리가 돌아올 거라고 믿고 있다, 크리스. 네가 애
       니와 결혼한다는 건 래리가 죽었다고 선언하는 거란
       다. 그럼 네 어머니에게 대체 무슨 일이 생길 것 같냐?

넌 알겠니? 나는 모르겠다! (침묵한다.)

크리스   그렇다면, 알겠어요, 아버지.

켈러   (크리스가 물러선 것으로 생각하고서) 그 문젠 좀 더 생각해 보거라.

크리스   저는 이 문제에 대해서 지난 삼 년 동안 생각했어요. 제가 기다리기만 하면 어머니도 래리를 잊으실 거고, 그러면 우리도 정상적으로 결혼을 하고, 모든 게 행복해질 거라고 바랐다고요. 그런데 이 집에서 그런 일이 있을 수 없다면, 제가 나갈 수밖에요.

켈러   그건 또 무슨 헛소리냐?

크리스   제가 나갈게요. 결혼하고 다른 데서 살겠어요. 아마 뉴욕이 될 수도 있겠죠.

켈러   정신 나갔니?

크리스   너무 오랜 세월 좋은 아들 노릇을 했어요. 순한 풋내기였죠. 그 짓은 이제 그만둘래요.

켈러   여기에 네 사업이 다 있잖니, 무슨 헛소리야?

크리스   그래요, 사업! 그건 제게 아무런 동기도 주지 않아요.

켈러   동기라는 게 있어야만 되는 거냐?

크리스   네, 하루에 한 시간만이라도요. 온종일 돈을 벌기 위해 열심히 일해야만 한다면, 적어도 저녁에는 삶이 아름다웠으면 좋겠어요. 저는 가정을 원하고, 아이들을 원하고, 자신을 바칠 수 있는 뭔가를 이루고 싶어요. 애니가 바로 그 중심에 있어요. 자, 그럼…… 어디에서 그걸 찾을 수 있을까요?

켈러   네 말은…… (크리스를 향한다.) 똑바로 말해 봐라. 네
      말은 사업을 물려받지 않겠다는 거냐?

크리스 네, 이런 상황에선 그럴 겁니다.

켈러   (잠시 침묵한 뒤) 글쎄다……. 네가 그렇게 생각해선 안
      된다.

크리스 그러면 제가 여기 머물 수 있게 도와주세요.

켈러   그래, 하지만…… 하지만 그런 생각일랑은 하지 마라.
      내가 대체 뭘 위해서 죽도록 일을 했겠니? 오직 널 위
      해서란다, 크리스. 이 모든 게 널 위한 거라고!

크리스 저도 그건 알아요, 아버지. 제가 여기 남도록 도와주
      시기만 하면 돼요.

켈러   (크리스의 턱에 주먹을 갖다 대고서) 그렇지만 그런 생각
      일랑 해서는 안 돼, 내 말 알겠지?

크리스 그런 생각이 드는걸요.

켈러   (손을 내리며) 내가 널 이해하지 못하는 거구나, 맞지?

크리스 네, 아버진 이해 못 하세요. 저도 말하자면 꽤 센 편이
      라고요.

켈러   그러게 말이다, 알겠다. (포치에서 어머니가 등장한다.
      50대 초반인 그녀는 억제하기 어려운 영감의 소유자로, 사
      랑에 넘치는 성격이다.)

어머니 여보?

크리스 (포치 쪽으로 가면서) 엄마.

어머니 (뒤쪽으로 집을 가리키며 켈러에게.) 싱크대 아래 있던
      자루를 치우셨어요?

켈러   응, 쓰레기통 안에 넣었는데.

어머니 도로 꺼내세요. 그건 감자예요.

       (크리스, 웃음을 터뜨리면서 골목길 쪽으로 걸어간다.)

켈러   (웃으면서) 버릴 건 줄 알았지 뭐요.

어머니 하나만 부탁할게요, 여보. 아예 도우려고 애쓰지를 마
       세요.

켈러   감자 한 자루를 더 사다 줄 수는 있을 거야.

어머니 미니가 어젯밤에 그 쓰레기통을 끓는 물로 깨끗이 씻
       어 놨어요. 당신 이보다도 더 깨끗할 거예요.

켈러   그리고 말이지, 난 잘 모르겠어. 사십 년이나 일한 끝
       에 하녀를 두고 사는데 왜 내가 쓰레기를 내다 놔야
       하는지.

어머니 부엌에 둔 자루들이 모두 쓰레기라고 생각하는 것만
       그만둔다면 내 채소들을 다 갖다 버리진 않을 텐데.
       저번엔 양파를 버리시더니. (크리스, 앞으로 나오면서
       케이트에게 자루를 건네준다.)

켈러   난 집 안에 쓰레기를 두는 게 싫다오.

어머니 그러면 드시질 마셔야죠. (자루를 들고 부엌으로 간다.)

크리스 오늘은 아버지가 졌어요.

켈러   그러게다. 내가 또 꼴찌구나. 나도 모르겠다. 예전에
       는 내가 계속 돈을 벌면 하녀도 두고 내 아내가 편하
       게 지낼 거라고 생각하곤 했지. 지금 나는 돈도 있고
       하녀도 두고 있는데 아내가 하녀를 위해서 일을 한단
       말이다. (의자 하나를 골라 앉는다. 마지막 대사를 할 때

어머니가 다시 나온다. 완두콩이 담긴 단지를 들고 있다.)

어머니　오늘은 휴가를 줬다고요. 뭘 그렇게 투덜거리세요?

크리스　(어머니에게) 애니는 아직 식사 중인가요?

어머니　(정원을 주의 깊게 둘러보며) 곧 나올 거다. (움직인다.) 바람 때문에 다 엉망이 됐네. (나무를 보고) 맙소사, 저 나무는 더군다나.

켈러　(자기 옆에 있는 의자를 가리키며) 앉아요, 마음 편히.

어머니　(정수리를 손으로 누르면서) 정수리가 이상하게 쑤셔요.

크리스　아스피린 갖다 드릴까요?

어머니　(뜰에 떨어진 장미 꽃잎 몇 개를 줍는다. 선 채로 손에 놓인 꽃잎 향기를 맡고는 잔디 위로 꽃잎을 뿌린다.) 장미가 다 졌네요. 너무 이상해요……. 이 모든 게 작정한 듯 동시에 일어나고 말이지요. 이번 달에 그 애 생일이 있었고, 그 애 나무는 부러졌고, 애니가 오고. 예전 일들이 다시 일어나는 것만 같아요. 방금 전엔 지하실에 갔어요. 그런데 내가 뭐에 걸려서 넘어졌게요? 래리의 야구 글로브예요. 아주 오랫동안 본 적도 없었는데.

크리스　애니는 좋아 보이지 않아요?

어머니　좋고말고. 물어볼 필요도 없어. 그 애는 미인이야……. 그런데 나는 아직도 그 애가 왜 여길 찾아왔는지 알 수가 없구나. 만나서 반갑지 않다는 게 아니지만, 그렇지만…….

크리스　저는 우리 모두 서로를 만나고 싶어 한다고 생각했어요. (어머니, 크리스를 쳐다본다. 마치 뭔가를 인정할 것만

같다는 듯 아주 가볍게 고개를 끄덕인다.) 그리고 저도 애

니가 보고 싶었고요.

어머니 (고개를 끄덕이다 멈추고, 켈러를 향해) 딱 하나 흠이 있

다면 코가 좀 길어졌다는 거예요. 어쨌거나 그 앨 전

언제나 사랑할 거예요. 그 애는 자기 애인에게 그런

일이 생기자마자 기다렸다는 듯 다른 남자랑 침대에

뛰어들 애가 아니니까요.

켈러 (그런 일이 애니에게 불가능하다는 듯)어, 여보……?

어머니 신경 쓰지 마세요. 대개의 여자애들은 전보가 올 때까

지 기다리지도 않잖아요. 애니가 와서 기뻐요. 그러니

까 내가 완전히 정신 나간 건 아니라는 걸 아시겠죠.

(의자에 앉는다. 그리고 재빠른 손놀림으로 단지 안의 완두

콩을 깐다.)

크리스 애니가 결혼하지 않았다고 해서 래리를 애도하고 있

는 것은 아니에요.

어머니 (살피려는 듯) 그러면 왜 결혼을 안 했을까?

크리스 (약간 당황해서) 글쎄요……. 여러 가지 이유가 있었겠

지요.

어머니 (크리스를 똑바로 바라보며) 예를 들어 뭘까?

크리스 (난처한 채로, 그러나 자신의 입장을 고수하면서) 저야 모

르죠. 그게 뭔지는. 아스피린 갖다 드려요? (어머니, 손

을 이마에 가져다 댄다.)

어머니 (자리에서 일어난다. 그리고 나무들을 향해 목적 없이 걸어

간다.) 이건 두통 같지는 않아요.

켈러   당신은 잠을 안 자. 그게 이유야. 네 어머니는 침실 슬리퍼가 신발보다 더 빨리 닳아 떨어지게 한단다.

어머니   아주 무서운 밤이었어요. (움직이다 멈춘다.) 그런 밤은 난생 처음이에요.

크리스   (켈러를 쳐다본다.) 어땠기에 그러세요, 어머니? 꿈이라도 꾸셨어요?

어머니   더 심했단다. 꿈 같은 것보다 더 심했어.

크리스   (주저하며) 래리에 관해서예요?

어머니   깊이 잠들었는데, 그런데…… (관객들의 위쪽으로 팔을 쳐들어 보이면서) 기억하니, 래리가 훈련 중일 때 집을 지나면서 저공비행하곤 하던 걸? 지나쳐 가는 조종석에서 그 애 얼굴을 보곤 하던 때가 기억나니? 바로 그런 식으로 래리가 보였어. 그냥 높이 있더구나. 저 높이, 높이, 구름이 있는 곳에. 그 애 모습이 너무나 생생해서 손을 뻗으면 닿을 것만 같았다. 그런데 갑자기 그 애가 추락하기 시작했어. 나를 소리쳐 불렀지……. 엄마, 엄마라고! 같은 방 안에 있는 것처럼 그 애의 소릴 들을 수 있었다. 엄마라고……! 그 애 목소리였어. 잡을 수만 있었다면, 내가 그 애를 떨어지지 않게 할 수 있단 걸 알고 있었지. 내가 그럴 수만 있었다면……. (말을 끊는다. 앞으로 뻗었던 손이 떨어지도록 내버려 둔다.) 그리고 나서 잠을 깨었단다. 아주 이상한 기분이었어……. 바람이…… 그 애 비행기 엔진의 굉음 같았어. 그래서 여기로 나왔지……. 어쩌면 반쯤은 자고 있었는지도 모르겠다. 그 애가 지나갈 때와 같은 굉음을 들을 수가 있었어. 내 앞에서 나무가 부러졌고…… 그리고 나는 그렇게…… 잠에서 깼어. (나무를 바라보고 있다. 그러다 갑자기 뭔가를 깨닫고 몸을 돌려 비난하듯 켈러를 향해 조금 떨리는 손가락을 겨눈다.) 봤죠? 우린 절대 저 나무를 심지 말아야 했어요. 내가 그랬잖아요. 그 애를 위해 나무를 심는 건 너무 성급한 일이라고.

크리스 (깜짝 놀라서) 성급하다뇨!

어머니 (분노에 휩싸여) 우리는 너무 성급히 그 일을 했어요. 모두가 그렇게 서둘러 그 앨 묻어 버렸다고요. 아직은 나무 같은 걸 심지 말자고 내가 그랬죠. (켈러에게) 내가 말했어요……!

크리스 어머니, 어머니! (어머니, 크리스의 얼굴을 들여다본다.) 바람에 나무가 부러진 것뿐이에요. 거기 어떤 의미가 있겠어요? 지금 무슨 말씀 하시는 거예요? 어머니, 제발이지…… 이 모든 걸 전부 다시 시작하진 말자고요, 예? 그건 아무런 쓸모도 없어요. 아무것도 이룰 수가 없다고요. 저도 계속해서 생각해 보았어요. 아세요? 어쩌면 우리는 이제 래리를 잊어야만 하는 거 아니겠어요?

어머니 이번 주 들어서만 그 소리를 세 번째 하는구나.

크리스 왜냐하면 이 모든 게 틀려먹었기 때문이에요. 절대로 삶을 다시 시작할 수는 없잖아요. 지금 우리는 결코

오지 않을 기차를 기다리면서 정거장에 머물러 있는 거나 마찬가지예요.

어머니 (머리 정수리를 누르며) 아스피린 좀 갖다 다오, 응?

크리스 네, 그리고 이 얘긴 그만두도록 해요. 아시겠죠, 어머니? 우리 넷이서 며칠 밤 동안 밖에 나가 외식을 하거나, 해변으로 춤이나 추러 가면 어떨까 싶어요.

어머니 그거 좋구나. (켈러에게) 오늘 밤에 그렇게 할 수 있을 거예요.

켈러 좋고말고!

크리스 정말이에요, 다 같이 좀 즐기자고요. (어머니에게) 어머니는 아스피린부터 드시고요. (크리스는 일어나서 기분을 고친 듯 집 안으로 들어간다. 어머니의 미소가 사라진다.)

어머니 (내심 비난조로) 왜 쟤는 애니를 여기로 초대한 걸까요?

켈러 그게 왜 걱정이지?

어머니 애니는 삼 년 반 동안이나 뉴욕에 있었는데, 왜 갑자기……?

켈러 글쎄, 어쩌면…… 크리스가 그저 애니를 보고 싶어 했을 수도 있지…….

어머니 '그저 보기 위해서' 700마일이나 달려오는 사람은 없어요.

켈러 무슨 뜻이오? 크리스는 평생을 저 애 옆집에서 살았어. 그런데 다시 만나고 싶어 하면 안 된단 소린가? (어머니, 비난하듯 켈러를 쳐다본다.) 그런 눈으로 보지 마.

당신에게 얘기한 것보다 자세한 건 나도 못 들었어.

어머니 (경고와 동시에 의문을 표하는 말투로) 쟤는 애니와 결혼해선 안 돼요.

켈러 만에 하나 쟤가 그런 생각을 하고 있다는 걸 당신이 어떻게 알지?

어머니 그 일 때문일 거예요.

켈러 (아내의 반응을 예민하게 주시하면서) 그렇다면? 그게 어쨌다는 거야?

어머니 (놀라며) 이 집에서 무슨 일이 일어나고 있는 거죠, 여보?

켈러 들어 봐, 애들이란…….

어머니 (닿기를 피하면서) 애니는 크리스 여자일 수 없어요. 여보, 애니도 자기가 아니라는 걸 알아요.

켈러 당신이 애니의 마음을 읽을 순 없소.

어머니 그럼 왜 아직까지 결혼을 안 했겠어요? 뉴욕은 남자들 천지인데, 왜 결혼하지 않았냐고요? (잠시 침묵) 아마 많은 사람들이 애니에게 어리석다고 했을 거예요. 하지만 그 애는 기다렸다고요.

켈러 애니가 기다렸는지 당신이 어떻게 알지?

어머니 걔는 내가 아는 걸 알고 있어요, 그게 이유랍니다. 애니는 바위처럼 신실해요. 가장 끔찍한 순간에도 나는 그 애가 기다리고 있다는 생각을 하고, 그리고 나는 내가 옳다는 걸 확인할 수 있어요.

켈러 이것 봐, 이렇게 날씨가 좋다고. 우리가 뭐 때문에 말다툼을 하는 거지?

어머니 (경고하듯이) 이 집안 누구도 애니의 믿음을 감히 빼
앗아 갈 수 없어요, 여보. 남들은 그럴 수도 있다 쳐요.
하지만 래리의 아버지, 그 형이 그래선 안 돼요.

켈러 (격앙되어) 내가 어쨌으면 좋겠소? 내게 뭘 바라는
거요?

어머니 나는 당신이 래리가 돌아올 것처럼 행동하기 바라요.
두 사람 모두요. 크리스가 애니를 초대한 뒤 당신 속
내를 내가 모를 거라고 생각진 마세요. 나는 그 어떤
터무니없는 생각도 그대로 보고 넘기지 않을 거예요.

켈러 하지만 여보…….

어머니 만일 래리가 돌아오지 않는다면, 그땐 나도 죽어 버
리겠어요! 웃으세요, 날 비웃으라고요. (그녀는 나무
를 가리킨다.) 그런데 왜 애니가 돌아온 바로 그날 밤,
저 나무가 부러진 걸까요? 비웃으라고요. 그러나 저
런 일에는 의미가 담겨 있는 법이에요. 애니는 래리
방에 자러 들어갔고, 래리의 기념물은 산산조각이 났
어요. 보세요, 보라고요. (켈러 왼편에 있는 벤치에 앉는
다.) 여보…….

켈러 진정해.

어머니 나를 믿어 주세요, 여보. 혼자서는 버틸 수가 없어요.

켈러 진정해요.

어머니 바로 지난주에 디트로이트에선 래리보다 더 오래 실
종됐던 사람이 나타났어요. 당신도 그 기사를 읽으

셨죠.

켈러　알아요, 알았어. 진정하라니까.

어머니　누구보다 당신이 믿어 주셔야 해요, 당신은…….

켈러　(자리에서 일어난다.) 왜 내가 누구보다 그래야 하는데?

어머니　……제발 믿음을 멈추지 마세요…….

켈러　누구보다 내가 믿어야 한다니, 그게 무슨 뜻이야? (버트가 왼쪽에서 달려온다.)

버트　켈러 할아버지! 저기, 켈러 할아버지……. (진입로 쪽을 가리키며) 토미가요, 방금 그 소릴 또 했어요!

켈러　(기억하지 못한 채) 뭘 말했다고……? 누가……?

버트　그 더러운 소리요.

켈러　아, 그래…….

버트　에이, 토미를 체포 안 하실 건가요? 제가 토미에게 경고를 했어요.

어머니　(갑자기) 그만, 버트. 집에 가라. (그녀가 앞으로 나서자, 버트가 뒷걸음질을 친다.) 여긴 감옥 같은 게 없어.

켈러　('감옥이 있다고 아이가 좀 믿으면 어때서.'라는 표정으로) 여보…….

어머니　(켈러 쪽으로 돌아서면서, 화가 치밀어서) 여긴 감옥이 없다고! 감옥 놀이 같은 건 그만두세요! (켈러는 돌아선다. 창피하고 화가 났다.)

버트　(그녀를 지나쳐 켈러에게) 토미가 바로 길 건너편에 있어요…….

어머니　버트, 집에 가라니까. (버트가 돌아서서 진입로 쪽으로 나간다. 그녀는 떨고 있다. 침묵한 뒤 아주 절박한 음성으로.) 이런 짓 좀 그만두세요, 여보. 감옥 놀이 같은 거 말이에요!

켈러   (깜짝 놀라 더욱 화를 내며) 당신 꼴을 좀 봐. 떨고 있잖아.

어머니   (자제하려고 애쓰면서, 두 손을 움켜쥐고 우왕좌왕한다.) 나도 어쩔 수가 없어요.

켈러   내가 대체 뭘 감춰야만 하는 거요? 당신은 대체 뭐가 문제고, 케이트?

어머니   당신이 뭘 감춰야만 한다는 소리가 아니에요. 그저 그만두시라고 하는 거예요! 이제 그만두자고요! (그때 앤과 크리스가 포치에 나타난다. 앤은 스물여섯 살로, 온순한 성품이지만 자신이 아는 것을 굳게 지킬 줄 안다. 크리스는 앤을 위해 문을 열어 준다.)

앤   안녕하세요, 조 아저씨! (지어낸 것이 아닌 자연스러운 웃음을 짓는다. 왜냐하면 그들은 서로를 잘 알기 때문이다.)

크리스   (기사처럼 한 팔을 내밀어서 앤을 층계 아래로 인도하며) 심호흡을 해 봐, 꼬맹아. 뉴욕에선 절대 이런 공기를 마실 수 없을걸.

어머니   (진심으로 압도된 듯) 애니, 그 드레스는 어디서 난 거니?

앤   안 살 수가 없더라고요. 옷을 망치기 전에 벗을 거예요. (한 바퀴 돌아 보인다.) 삼 주치 봉급을 주고 산 건데, 어때요?

어머니   (켈러에게) 정말이지 저 애는……? (앤에게) 눈부시구나, 정말 눈이 부셔…….

크리스   (어머니에게) 농담 아니시죠. 어머니가 본 여자들 중 앤이 제일 예쁘지 않아요?

어머니   (크리스의 직접적인 찬사에 한마디 하려다가 말고, 크리스가 손에 들고 있는 물 잔과 아스피린을 받으려고 손을 내민다. 그리고……) 체중이 약간 는 것 같구나, 애야, 그렇지? (약을 삼키고 물을 마신다.)

앤   쪘다 빠졌다 해요.

켈러   다리가 얼마나 예뻐졌나 보라고!

앤   (왼쪽의 울타리로 뛰어간다) 이야, 포플러 나무가 굵어졌어요. 그렇지요?

켈러   (무대 안쪽 긴 의자에 가서 앉는다) 그래, 삼 년이나 지났잖니, 애니. 우린 늙어 가고 있단다.

어머니   어머닌 뉴욕이 어떠시다니? (앤 계속해서 나무들 사이를 바라본다.)

앤   (약간 마음이 상한 듯) 누가 왜 우리 해먹을 치워 버린 거예요?

켈러   아, 아니다, 망가졌지. 한 이 년 전이었던가.

어머니   망가졌다고요? 글쎄 저이가 가벼운 점심을 먹고는 해먹에 올라탔단다.

앤   (웃음을 터뜨리고는 짐의 마당 쪽으로 돌아선다……) 어머, 실례해요! (짐이 울타리 쪽으로 와서 그 너머로 쳐다본다. 그는 시가를 피우고 있다. 애니가 큰 소리로 말하자 그는 무대로 돌아 나온다.)

짐   안녕하십니까? (크리스를 향해) 아주 지적인 인상이

신데!

크리스   앤, 이쪽은 짐…… 베일리스 의사 선생님이야.

앤   (짐과 악수하며) 아, 그렇군요. 크리스가 편지에 선생님 이야기를 많이 썼답니다.

짐   그런 건 믿지 마십시오. 크리스는 아무나 좋아하니까요. 대대 안에서는 말입니다, 어머니 맥켈러라고 불렸어요.

앤   그 말씀 믿을 수 있어요……. 그런데…… (어머니에게) 선생님이 저 정원에서 나오시는 걸 보니 이상한 기분이에요. (크리스에게) 저는 아직도 어른이 못 되나 봐요. 엄마랑 아빠랑 지금 저기 계실 것 같은 생각이 들 정도거든요. 그리고 당신이랑 오빠는 대수 문제를 풀고 있고, 래리는 제 숙제를 베끼고 있을 것 같단 말이죠. 아, 그 소중한 시절은 돌이킬 수 없는 지난날이네요.

짐   음, 제가 이사를 가 버렸으면 좋겠단 뜻이 아니길 바라겠습니다.

수   (무대 밖 왼쪽에서 큰 소리로 부른다) 여보, 와 보세요! 허바드 씨 전화예요!

짐   말했잖아, 싫다고…….

수   (명령하듯이, 달래면서) 여보, 어서! 제발요!

짐   (체념한다.) 알았다고, 수지. (천천히 걸어가면서) 알아, 알았어……. (앤을 향해) 방금 만났을 뿐이지만, 앤, 제가 충고를 한마디 해도 된다면, 결혼한 다음에 절대로, 마음속에서라도, 당신 남편 돈을 세지는 마세요.

수   (무대 밖에서) 여보?

짐   금방 가! (돌아서서 왼쪽으로 간다.) 지금 간다고! (왼쪽
        으로 퇴장한다.)

어머니   (앤이 자신을 바라보자 의미심장하게 말한다) 내가 수더
        러 기타를 쳐 보면 어떻겠느냐고 했단다. 저 두 사람
        에게 공통의 관심사가 될 것 같아서 말이지. (함께 웃
        는다.) 음, 짐은 기타를 좋아해!

앤   (어머니를 압도하려는 듯 갑자기 생기가 넘친다. 무대를 가
        로질러 긴 의자에 앉아 있던 켈러에게 간 다음 그의 무릎 위
        에 앉는다.) 오늘 밤 해변 가에 가서 식사해요! 이 근처
        에서 한바탕 신나게 놀아요. 래리가 군대 가기 전에
        그랬던 것처럼요!

어머니   (감상적으로) 넌 그 애를 생각하고 있구나! 어때요, 아
        시겠죠? (의기양양한 채) 앤은 래리를 생각하고 있다
        고요!

앤   (잘 모르겠다는 듯한 미소를 띠고서) 아주머니, 무슨 말
        씀이세요?

어머니   아무것도 아니다. 그저 네가…… 그 앨 기억하고 있다
        고. 그 애가 네 마음속에 자리 잡고 있다는 거야.

앤   그건 좀 이상한 말씀이에요. 어떻게 제가 래리를 기억
        못 할 수가 있겠어요?

어머니   (앤의 말은 그녀를 착각하게 한다. 그녀는 다른 말을 꺼낸
        다. 일어나 앤에게 다가간다.) 옷은 다 걸어 뒀니?

앤   네……. (크리스에게) 그나저나 당신은 정말이지 옷을

좋아하나 봐. 옷장 안에 옷 걸 자리가 없더라고.

어머니 아냐, 기억 안 나니? 그건 래리 방이란다.

앤 아주머니 말씀은…… 그게 다 래리 옷이라고요?

어머니 못 알아봤어?

앤 (천천히 일어서며, 좀 난처해하면서) 네, 그런 생각은 전혀 못 했네요. 아주머니께서…… 제 말은 구두가 모두 잘 닦여 있던데요.

어머니 그렇단다, 얘야. (잠시 침묵한다. 앤은 계속 그녀를 바라보지 않을 수 없다. 어머니는 잡담조로 그런 분위기를 깨뜨린다. 앤의 어깨에 팔을 두른 다음 무대 왼쪽으로 향한다.) 오랫동안 난 정말이지 너와 신나게 얘기를 나누고 싶었어. 애니야, 내게 뭐라도 얘기해 주렴.

앤 뭘요?

어머니 나도 몰라. 뭔가 근사한 이야기면 돼.

크리스 (비꼬듯이) 어머니 말씀은 네가 데이트를 많이 했느냐는 뜻이야.

어머니 얘, 그만두렴.

켈러 그런데 그중에서 진지하게 교제한 사람도 있었니?

어머니 (웃으면서, 자기 의자에 앉는다) 두 분 다 말씀 좀 아끼면 어때요?

켈러 애니야, 저 사람하고는 레스토랑에 같이 못 갈 거다. 오 분 안에 모르는 사람들 서른아홉 명쯤은 너끈히 식탁에 모여들어 저 사람에게 자기가 살아온 얘기를 털어놓을 테니까.

어머니 내가 애니에게 개인적인 걸 물어봐선 안 된다면…….

켈러 묻는 것은 좋아. 하지만 몰아붙이지는 마시오. 당신은
     애니를 난처하게 하고 있어, 난처하게 하고 있다고.
     (다 함께 웃는다.)

앤 (콩이 담긴 냄비를 의자에서 집어 들고 의자 아래 바닥에
    놓은 뒤 거기 앉아 어머니를 향해) 다들 아주머니를 괴롭
    히지 못하게 하세요. 마음껏 물어보세요. 뭘 알고 싶
    으신가요, 아주머니. 자, 같이 수다를 떨어요.

어머니 (크리스와 켈러에게) 사려 깊은 사람은 애니밖에 없다
     니까요. (앤에게) 너희 어머니는…… 이혼을 하지 않
     으셨지, 그렇지?

앤 네. 어머닌 그 문제에 대해서 이제 안정을 찾으셨어
    요. 아버지가 출소하시면 아마도 함께 사실 거예요.
    물론, 뉴욕에서요.

어머니 잘됐구나. 왜냐하면 네 아버님은 아직도…… 내 말은
     모든 말과 행동에도 불구하고 네 아버님은 좋은 분이
     시라는 말이다.

앤 전 괜찮아요. 어머니께서 원하신다면 아버지를 다시
    받아들일 수 있겠죠.

어머니 그런데 너는? 넌…… (부인하듯이 머리를 가로젓는다.)
     ……데이트는 많이 하니? (잠시 말을 멈춘다.)

앤 (조심스럽게) 제가 아직도 래리를 기다리고 있느냐는
    의미세요?

어머니 음, 아니다. 난 네가 그 앨 기다리고 있으리라고는 기

대하지 않아. 그렇지만…….

앤   (다정하게) 하지만 아주머니가 하시고 싶은 말씀은 바
        로 그거죠, 안 그런가요?

어머니 ……글쎄다, 그건 그렇구나.

앤   저기, 저는 기다리고 있지 않아요, 케이트 아주머니.

어머니 (힘없이) 기다리지 않는다고?

앤   그건 좀 이상한 일 아니에요? 아주머니도 진심으로
        그렇게 생각하시는 건 아니겠지요? 래리가…….

어머니 그래, 나도 안단다. 하지만 이상한 일이라고는 말하지
        마라. 신문에는 온통 그런 기사로 가득하니까. 뉴욕은
        어떤지 모르겠다만 래리보다 더 오래 실종되었던 사
        람 이야기가 신문 한 면의 반이나 차지했지. 그 사람
        은 버마에서 발견되었단다.

크리스 (앤에게 다가가면서) 그 친구가 별로 집에 돌아오고 싶
        어 하지 않았을 수도 있어요, 어머니.

어머니 그렇게 잘난 척하지 마라.

크리스 버마에서 괜찮은 시간을 보낼 수도 있죠.

앤   (자리에서 일어나 크리스의 등 뒤로 돌아선다.) 저도 그렇
        게 들었어요.

크리스 어머니, 삼 년이 지났는데도 여전히…… 그렇게 생각
        하고 계시는 분은 이 나라에서 어머니가 유일하다는
        데 제가 돈을 걸죠.

어머니 넌 그렇게 믿니?

크리스 네, 그래요.

어머니 그래, 네가 그렇게 믿는다면, 너는 그런 거겠지. (일순 고개를 돌린다.) 사람들이 라디오 방송에서는 그렇게 말하지 않아도, 밤의 어두움 속에서는 여전히 자기 아들들을 기다리고 있을 거라고 난 믿는다.

크리스 어머니, 어머닌 정말이지…….

어머니 (손짓으로 그를 물리치며) 그렇게 잘난 척하지 말라고 했지! 이제 그만 좀 해라! (잠시 말을 멈춘다.) 네가 전혀 모르는 게 몇 가지 있어. 여기 있는 모두가. 그중 하나만 얘기해 주마, 애니. 네 마음속 아주 깊은 곳에서 넌 언제나 래리를 기다려 왔어.

앤 (분명히) 아니에요, 아주머니.

어머니 (점점 더 고압적인 태도로 요구하며) 하지만 네 마음속 깊은 곳에서는 그랬어, 애니!

크리스 그럼 애니도 그걸 알고 있어야겠죠, 아닌가요?

어머니 남들이 하라는 대로 생각하지 마라. 네 마음속 소리를 들어. 오직 네 마음속 소리를.

앤 왜 아주머니 마음속은 래리가 아직 살아 있다고 하는 걸까요?

어머니 왜냐하면 살아 있어야만 하니까.

앤 그렇지만 왜요, 아주머니?

어머니 (앤에게 다가가며) 왜냐하면 어떤 일들은 그래야만 하고, 또 어떤 일들은 절대 그럴 수 없기 때문이야. 태양이 떠올라야만 하듯, 그래야만 하는 거야. 그게 바로 하느님이 계시는 이유란다. 아니면 무슨 일이든 일어날 수 있겠지. 그러나 하느님이 계시기 때문에 어떤 일들은 절대로 일어날 수가 없어. 난 안단다, 애니. 저 애가 (크리스를 가리키며) 그 끔찍한 전투에 나간 그날을 내가 알았던 것처럼 말이지. 저 애가 내게 편지를 쓴 줄 아니? 신문에 난 줄 아니? 아니야. 하지만 그날 아침 나는 머리를 베개에서 뗄 수가 없었단다. 저이에게 물어보렴. 갑자기, 나는 알게 되었어! 알았고말고! 그날 크리스는 거의 죽을 뻔했다. 앤, 너도 알고 있어. 내가 옳다는 것을!

앤   (말없이 붙박여 서 있다. 그런 다음 떨면서 돌아서서 무대 안쪽으로 간다.) 아니에요, 아주머니.

어머니   난 차나 한잔 마셔야겠구나. (프랭크, 사다리를 들고 왼편에서 등장한다.)

프랭크   애니! (앞쪽으로 내려오면서) 세상에, 어떻게 지냈지?

앤   (프랭크의 손을 잡으며) 이런, 프랭크, 너 머리가 벗겨지고 있잖아.

켈러   그 친구는 온갖 것에 책임을 지고 있거든.

프랭크   맙소사!

켈러   프랭크가 없으면 별들도 자기들이 언제 떠야 할지 모를 거다.

프랭크   (앤에게 웃으며) 더 여자다워졌네. 성숙해졌어. 너는…….

켈러   진정해, 프랭크. 자넨 유부남이잖나.

앤   (다들 웃는 동안) 너는 아직도 신사 용품을 팔고 있니?

프랭크   안 될 게 뭐 있어? 어쩌면 나도 사장이 될 수 있을지도 모르지. 오빠는 잘 있어? 학위를 받았다고 들었는데.

앤   아, 조지 오빠는 자기 사무실을 차렸어!

프랭크   그거 참 대단한데! (음울하게) 그리고 너희 아버지는? 그분은……?

앤   (퉁명스럽게) 잘 계셔. 난 리디아를 보러 들어갈래.

프랭크   (연민을 가지고) 어떠신데, 아버지는 조만간 가석방이 되실 것 같아?

앤   (점차 더 거북해하면서) 난 정말 몰라, 나는…….

프랭크   (앤을 위해 열심히 그녀의 아버지를 변호하면서) 너도 알다시피 너희 아버지처럼 지적으로 뛰어난 분을 감옥에 가둘 경우, 처형을 할 게 아니라면 일 년 뒤에는 석방한다는 법이 꼭 있어야 한다고 생각해서 한 말이야.

크리스   (말을 자르며) 사다리 옮기는 걸 도와줄까, 프랭크?

프랭크   (신호를 알아차리고) 괜찮아, 나는……. (사다리를 집어 든다.) 오늘 밤에 별자리 점을 끝낼 거예요, 케이트 아주머니. (허둥지둥하며) 또 보자, 앤, 너 굉장히 예뻐졌어. (오른쪽으로 퇴장한다. 다들 앤을 살핀다.)

앤   (천천히 등 없는 의자에 앉으며 크리스에게) 사람들이 아빠 얘길 아직도 하고 있어?

크리스   (내려와서 의자 팔걸이에 앉는다.) 아무도 너희 아버지 얘길 더는 하지 않아.

켈러   (일어나서 앤에게로 간다.) 애야, 다 끝나고 잊혔단다.

앤   말씀해 주세요. 저는 이 동네 사람들이 계속 그러고 있다면…… 아무도 만나고 싶지 않기 때문이에요.

크리스   난 네가 그 문제로 너무 염려 안 했으면 좋겠다.

앤   (켈러에게) 사람들이 그 재판을 아직도 기억하고 있나요, 아저씨? 사람들이 아저씨 이야기를 하고 있어요?

켈러   아직도 그 이야길 하는 사람은 내 아내뿐이야.

어머니 그건 당신이 꼬마들하고 경찰 놀이를 계속하고 있기 때문이잖아요. 애들 부모가 당신 입에서 듣는 소리라고는 감옥, 감옥, 감옥이라는 말이 전부니까요.

켈러   정말로 무슨 일이 일어났느냐 하면, 내가 교도소에서 나와 집에 돌아와 보니 꼬맹이들이 내게 관심을 가졌다는 거였어. 너도 애들이 어떤지 알잖니. 내가 (웃는다.) 꼭 감옥 생활에 대한 전문가라도 된 것처럼. 그리고 시간이 지나면서 애들이 헷갈리기 시작하더니 그래서…… 결국 내가 형사가 되어 버린 거야. (웃는다.)

어머니 애들이 헷갈린 게 아니라는 것만 빼고 말이죠. (앤에게) 저이는 시리얼 상자에 든 경찰관 배지를 애들에게 나눠 준단다. (함께 웃는다.)

앤   (그들에 대해 감탄하며, 행복하게. 앤은 일어나 켈러에게 간 다음 그 어깨에 팔을 두른다.) 정말이지, 아저씨가 그 사건에 대해 웃으시는 걸 보니 아주 놀라워요.

크리스   왜, 넌 어떨 줄 알았는데?

앤   내가 이 동네에서 마지막으로 기억하는 건 "살인자들!"이라는 한마디였어. 아주머니, 기억하세요? …… 해먼드 부인이 우리 집 앞에 서서 그 말을 크게 외쳤던 것 말이에요……. 아마 아직 이 근처에 살고 있겠죠?

어머니   그 사람들 모두 여전히 이 근처에 살고 있지.

켈러   저 사람 말 듣지 마라. 매주 토요일 밤마다 온 동네 사람들이 모두 이 정자에서 포커 게임을 한단다. 살인자라고 외쳤던 사람들 모두가 지금은 내 돈을 가져가고 있어.

어머니   그만하세요, 여보, 저 앤 똑똑한 애예요. 저 애를 놀리지 마세요. (앤에게) 사람들은 너희 아버지를 기억하고 있어. 저이와는 경우가 다르지. (조를 가리킨다.) 저이는 혐의를 벗었으니까. 네 아버지는 아직도 거기 계시잖니. 네가 오는 것을 내가 완전히 기뻐할 수 없었던 건 그 때문이었단다. 솔직히 말해서, 난 네가 얼마나 민감한 애인지 알고 있어. 그래서 크리스에게도 말했단다, 그러니까 내가……

켈러   들어 봐라. 너도 내가 한 것처럼 하면 괜찮을 거야. 집에 돌아오던 날, 나는 차에서 내렸다. 물론 집 앞이 아니고…… 길모퉁이에서. 너도 여기 있었지, 애니. 그리고 크리스, 너도 말이다. 너희들은 그걸 봤겠지. 모두들 내가 그날 나온다는 사실을 알고 있었어. 포치마다 사람들로 가득 찼지. 지금 한번 상상해 봐라. 아무도 내가 무죄라는 걸 믿지 않았어. 내가 혐의를 벗으려고 감쪽같이 속였다는 소문이 돌았다. 나는 차에서 내려서 걸었다. 아주 천천히. 미소를 지은 채 말이다. 짐승이지! 내가 바로 그 짐승이었어. 공군에 금이 간 실린더 헤드를 팔아먹은 인간, P-40 비행기 스물한 대가 호주에서 추락하게 만든 인간. 얘들아, 그날 그 거리를 걷던 난 지옥에 떨어질 죄인이었다. 내가 정말 그런 인간이 아니었다는 것만 제외하면. 내가 그렇지 않다는 걸 증명해 줄 법원 서류가 내 주머니 속에 들어 있었지. 그리고 나는 걸었단다……. 포치 앞을…… 지나서. 그리고 결과는? 열네 달이 지난 뒤 나는 다시 이 주에서 제일 좋은 공장 중 하나를 갖게 되었고 다시 존경받는 사람이 되었어. 전보다 더 중요한 사람이 된 거라고.

크리스   (존경을 품고) 배짱 있는 사나이 조.

켈러   (더 큰 설득력을 가지고) 사람들을 이기는 유일한 방법은 용기다! (앤에게) 네가 저지른 가장 큰 잘못은 이사를 가 버린 거야. 네 아버지가 나오게 될 때 아버지를 더 힘들게 한 거니까. 그래서 나는 네 아버지가 이 동네로 다시 돌아오는 걸 보고 싶구나.

어머니   (고통스러워하며) 그 사람들이 어떻게 다시 이사 올 수 있겠어요?

켈러   저 집 식구들이 다시 돌아올 때까지는 이 일이 끝나지 않을 테니까! (앤에게) 사람들이 네 아버지와 함께 카드 게임을 하고, 함께 얘기를 나누고, 함께 웃을 때까지는. 사람들이란, 살인자가 될 수 없는 친구란 걸 알게 되면 그와 카드 게임을 하지. 그리고 다음에 아버지에게 편지를 쓸 때는 내 말을 아버지에게 전해 주었으면 좋겠다. (앤, 그저 그를 응시한다.) 내 말 듣고 있니?

앤   (놀라워하며) 아빠를 원망하지 않으세요?

켈러   애니, 나는 사람들을 박해하지 않아.

앤   (어리둥절해서) 아빠는 아저씨 동업자였고, 아저씨를 궁지로 몰고 갔는데…….

켈러   어쨌거나, 그가 내 사랑하는 사람은 아니지. 하지만 너는 용서해야 해, 안 그러냐?

앤   아주머니도 그러신가요? 아무런 감정도……?

켈러   (앤에게) 네가 다음에 아버지에게 편지를 쓸 땐…….

앤   전 아빠에게 편지 쓰지 않아요.

켈러   (충격을 받고) 하지만 가끔씩은 너도…….

앤   (조금은 부끄러워하면서도 결연하게) 아뇨, 아빠에게 결코 편지를 쓴 적이 없어요. 오빠도 편지를 보낸 적이 없죠. (크리스에게) 말해 봐, 당신도 그렇게 느껴?

크리스 그분은 스물한 명의 조종사를 살해했어.

켈러   무슨 말을 그런 식으로 하느냐?

어머니 남을 그렇게 말하면 안 된다.

앤   달리 뭐라고 할 수 있어요? 아빠가 체포되었을 때 저는 따라갔고, 면회일마다 아빠를 찾아갔어요. 계속 울기만 했어요. 래리에 대한 뉴스가 났을 때까지는요. 그때 전 깨달았어요. 그런 사람을 동정하는 건 잘못된 일이라는 걸요. 아빠건 아니건 그런 사람에 대해서는 한 가지 시선밖에 없어요. 아빠는 비행기가 추락할 수도 있는 부품을 알면서도 선적했어요. 그리고 래리가 그들 중 하나가 아니라는 걸 어떻게 알 수 있죠?

어머니	난 그렇지 않기를 기다리고 있었다. (앤에게 다가가며) 여기 있는 동안은 애니, 그 말을 다시는 하지 말라고 부탁하고 싶어.

앤	아주머닌 절 놀라게 하시네요. 저는 아주머니가 저희 아빠에 대해 화를 내실 거라고 생각했어요.

어머니	네 아버지가 하신 일은 래리와는 상관이 없다. 아무 상관도 없어.

앤	그렇지만 우리가 알 수는 없죠.

어머니	(자제하려고 애쓰며) 여기 있는 동안만이라도!

앤	(난처해하며) 그렇지만, 아주머니…….

어머니	네 머릿속에서 그 생각을 지워 버려!

켈러	왜냐하면…….

어머니	(재빨리 켈러에게) 그게 다예요. 그걸로 충분해요. (손을 머리 위에 얹는다.) 이제, 안으로 들어가요. 저랑 차를 마셔요. (돌아서서 층계를 올라간다.)

켈러	(앤에게) 네가 알아야 할 한 가지는…….

어머니	(날카롭게) 그 아인 죽지 않았어요. 그러니 논쟁할 것도 없죠! 자, 들어가세요!

켈러	(성을 내며) 금방 갈 거야! (어머니, 돌아서서 집 안으로 들어간다.) 이거 보렴, 애니.

크리스	됐어요, 아버지, 잊어버리세요.

켈러	아니다. 애니는 그렇게 생각 안 한다. 애니…….

크리스	저는 이 모든 게 신물이 나요, 이제 그만 좀 하세요.

켈러	너는 애니가 이런 식으로 살기를 원하니? (앤에게) 그 실린더 헤드는 P-40 기종에만 들어갔단다. 너도 알다시피 래리는 P-40 기종을 조종한 적이 없었다.

크리스 　그러면 P-40 기종을 조종한 건 누구죠? 돼지들이었나요?

켈러 　그 사람은 어리석었어, 하지만 그 사람을 살인자로 만들지는 마라. 넌 분별심도 없니? 저 애에게 그 말이 뭘 뜻하는지 봐! (앤에게) 잘 들어라, 전쟁 중 그 공장에서 어떤 일을 하고 있었는지 잘 살펴봐야만 한다. 너희 둘 다! 완전히 정신 병원이었지. 반시간마다 소령이 실린더 헤드를 찾는 전화를 걸었어. 전화로 그들이 우릴 채찍질했다. 트럭들이 열기를 뿜으며 빌어먹을 만큼 가까이서 물건들을 실어 날랐어. 내 말은 인간적으로 이해해 보라는 거다, 인간적으로. 그러다 느닷없이 금이 간 한 묶음이 나온 거야. 그런 일이 일어났고 그게 비즈니스라는 거지. 아주 가는, 머리카락처럼 가는 금이었어. 좋아, 그런데…… 그 사람은 배포가 작은 사람이었어. 네 아버지 말이다. 항상 큰 소리가 나는 걸 무서워했다. 소령이 뭐라고 할까? 반나절 생산량이 부족한데…… 뭐라고 둘러대야 할까? 내 말이 무슨 소린지 알지? 인간이란 말이다. (말을 멈춘다.) 그래서 그 사람은 자기 연장을 꺼내서 그렇게…… 금이 간 곳을 메워 버렸다. 좋아…… 그건 나쁜 일이야, 잘못한 일이지. 하지만 그런 게 배포 작은 사람이 하는 일이다. 내가 그날 공장에 나갔더라면 나는 그 친

구에게 말했을 거다. 버리라고, 스티브. 우린 감당할
수 있을 거야. 하지만 그 사람 혼자서는 겁이 났던 거
야. 그가 해를 끼치자고 한 일이 아니라는 걸 나는 안
다. 그 부품들이 100퍼센트 버틸 거라고 믿었던 거지.
그게 실수였어. 하지만 그렇다고 그게 살인이라는 건
아니다. 네 아버질 그렇게 생각해선 안 된다. 내 말 알
겠니? 그건 옳지 않아.

앤   (켈러를 잠시 바라본다.) 아저씨, 잊어버리자고요.

켈러   애니, 래리 소식이 뉴스에 나온 날 네 아버진 내 옆 감
방에 있었다……. 네 아버진 울었어, 애니…… 그날
밤 절반 정도는 내내 울었단다.

앤   (감동을 받아서) 아빠는 밤새도록 울어야만 했어요.
(잠시 말을 멈춘다.)

켈러   (거의 화를 내며) 애니, 나는 이해가 안 되는구나, 어째서
너는……!

크리스   (신경질적으로 다급히 사이에 끼어들어) 그만두시지 않
을 거예요?

앤   아저씨에게 소리 지르지 마. 아저씬 모두가 행복하길
원하실 뿐이니까.

켈러   (앤의 허리를 껴안는다. 미소를 짓는다.) 그게 내 생각이
다. 스테이크로 한턱 내려는데 어떠니?

크리스   샴페인도요!

켈러   이제야 마음이 맞는군! 스완슨네 가게에 전화해서 예
약을 하지! 오늘 밤 재미있게 보내자꾸나, 애니!

앤   절 겁주지 마세요.

켈러   (크리스에게, 앤을 가리키며) 난 저 애가 마음에 든다.
        잘 감싸 주려무나. (함께 웃는다. 그는 포치 쪽으로 간다.)
        다리가 아주 멋진걸, 애니! ……오늘 밤, 모두 취하는
        게 보고 싶다. (크리스를 가리키며) 쟤 좀 보거라. 얼굴
        이 빨개졌어! (켈러, 웃으면서 집 안으로 퇴장한다.)

크리스   (켈러의 등 뒤에서) 차나 드시라고요, 카사노바 씨. (앤
        에게로 돌아선다.) 우리 아버지 멋지지 않니?

앤   내가 아는 사람 중 부모님을 그렇게 사랑하는 건 당신
        뿐이야.

크리스   나도 알아. 유행에 뒤떨어졌지, 그렇지?

앤   (갑자기 슬픈 기색이 되며) 괜찮. 좋은 일이잖아. (주
        위를 둘러본다.) 당신 알아? 여긴 아름다워. 공기는 달
        콤하고.

크리스   (희망을 품고) 여기 온 걸 후회하진 않지?

앤   후회는 하지 않아, 안 해. 그렇지만 나는…… 여기 머
        무르지는 않을 거야.

크리스   어째서?

앤   우선, 당신 어머니가 사실상 나보고 나가라고 하셨으
        니까.

크리스   글쎄…….

앤   당신도 알고 있으면서. 그리고 당신은…… 당신은
        조금…….

크리스   뭐라고?

앤   음……. 내가 여기 온 후로 좀 어쩔 줄 몰라 하는 것 같
        아 보여.

크리스   문제는 내가 겨우 일주일쯤 전에야 너에게 다가가려
        는 마음을 먹고 있었다는 거야. 그런데 다들 우리는
        처음부터 준비된 사이라고 생각하거든.

앤   그렇다는 건 나도 알아. 어쨌거나 당신 어머니는 그
        러시겠지.

크리스   어떻게 알았지?

앤   당신 어머니 눈에, 내가 왜 온 걸로 보이겠어?

크리스   그런데…… 너는 그렇게 하길 원해? (앤, 그를 살핀다.)
        이게 바로 내가 널 부른 이유라는 걸 알고 있을 것 같
        은데.

앤   내 생각에도 그래서 온 것 같아.

크리스   앤, 너를 사랑해. 엄청나게 사랑해. (못 박듯이) 사랑
        해. (그는 잠시 말을 멈춘다. 그녀는 기다린다.) 나는 상상
        력이 없어……. 너에게 말한 게 내가 아는 전부야. (앤,
        기다리며, 준비된 상태로) 내가 널 곤란하게 하고 있지.
        여기서 이런 말, 너한테 하고 싶진 않았어. 우리가 가
        본 적 없는 어떤 곳에서 하고 싶었지. 우리가 서로 서
        로를 완전히 다른 사람으로 여길 수 있는 그런 어떤
        곳 말이야……. 너도 여기선 아니라고 생각하지, 그렇
        지? 이 뜰, 이 의자? 나는 네가 나를 받아들일 준비가
        되어 있으면 좋겠어. 너를 다른 어딘가에서 빼앗아 오
        는 건 싫어.

앤   (크리스를 두 팔로 감싸 안으며) 아, 크리스, 난 오랫동안
        준비가 되어 있었어!

크리스   그러면 래리는 영원히 사라진 거야, 그렇지.

앤   난 이 년 전 거의 결혼할 뻔했어.

크리스   ……왜 결혼하지 않았는데?

앤   당신이 나한테 편지를 쓰기 시작했잖아……. (잠시 말
        을 멈춘다.)

크리스   그 오래전부터 뭔가 느끼고 있었다는 거야?

앤   매일 새롭게 말이야!

크리스   앤, 왜 내게 말해 주지 않았니?

앤   난 당신을 기다리고 있었어, 크리스. 그전까지 당신은
        나에게 편지를 쓴 적이 없었잖아. 그리고 막상 편지를
        썼을 때, 뭐라고 보냈는지 알아? 정말이지 애매모호
        했어. 당신도 알다시피.

크리스   (집 쪽을 쳐다본다. 그런 다음 떨면서 앤을 바라본다.) 키
        스해 줘, 앤. 나에게……. (키스한다.) 하느님, 애니에
        게 키스를 했어요, 애니, 내가 너에게 키스를 했어. 너
        에게 키스하기 위해 얼마나, 얼마나 오랜 시간 기다려
        왔는지!

앤   용서 못 해, 크리스. 이 모든 세월을 대체 내가 왜 기다
        려 왔지? 그동안 내가 한 일이라고는 앉아서 당신을
        생각하는 내가 미친 건 아닌지 의심하는 것뿐이었어.

크리스   애니, 이제 우리는 살아가기만 하면 돼! 나는 널 정말
        행복하게 해 줄 거야. (애니에게 키스한다. 접촉은 최소

한으로 유지한 채.)

앤   (조금 당황해서) 아마도 안 그럴 것 같은데.

크리스   난 너에게 키스를 했는데…….

앤   꼭 래리의 형인 것처럼 말이지. 당신이 하고 싶은 대
        로 해 봐, 크리스. (크리스, 갑자기 앤에게서 떨어진다.)
        왜 그러지, 크리스?

크리스   어디 드라이브라도 가자……. 난 너랑 단 둘이 있고
        싶어.

앤   싫어……. 왜 그래, 크리스, 당신 어머니 때문이야?

크리스   아냐…… 그런 건 아냐…….

앤   그럼 대체 뭐가 잘못된 거야? ……당신이 보낸 편지
        에도 뭔가 거리끼는 구석이 있었어.

크리스   그래, 그랬겠지. 하지만 곧 괜찮아질 거야.

앤   말해 줘.

크리스   어떻게 말해야 할까. (앤의 손을 잡는다. 조용히, 그리고
        사실만을 말하는 것처럼.)

앤   이런 식으로는 안 돼. (잠시 말을 멈춘다.)

크리스   너무 많은 것이 복잡하게 얽혀 있어……. 기억하지,
        해외에서 내가 보병중대를 지휘했다는 거?

앤   그럼 물론이지.

크리스   음, 나는 중대원들을 잃었어.

앤   얼마나 많이?

크리스   전부 다.

앤   이런, 맙소사!

크리스　그 사실을 떨쳐 버리는데 시간이 좀 걸렸어. 왜냐하면 그들이 그냥 인간들이 아니었으니까. 예를 들어, 언젠가 며칠이나 비가 오고 있었어. 그런데 한 어린 병사가 나한테 와서는 젖지 않은 자기 마지막 양말 한 켤레를 내 주머니 속에 넣더라고. 별거 아닌 일이었지…… 하지만…… 내가 데리고 있던 애들은 말이지, 그런 남자들이었어. 그들은 죽은 게 아니라, 서로를 위해서 자기를 희생한 거야. 내가 하고 싶은 말은 이거야. 걔들이 조금만 더 이기적이었다면 다들 오늘 여기 살아 있을 수 있었다는 거. 그리고 나는 이런 생각도 했어. 그들이 죽어 가는 걸 보면서. 모든 게 파괴되고 있다고, 알겠지. 그런데 나에게 전에 없던 게 생겨난 것 같더라. 일종의…… 책임감이라는 것 말이야. 인간이 인간에게 가질 수 있는. 이해하겠니? 그걸 보여 주기 위해서, 그게 마치 무슨 기념비라도 되는 듯, 이 지구 위에 다시 올려놓고, 그래서 모두가 그게 자기 뒤에 서 있다는 걸 느끼게 되면 그게 그를 감화시킬 것이라는 걸 증명하기 위해서. (말을 멈춘다.) 그런 다음 나는 고향에 돌아왔어. 그런데 믿을 수가 없었어. 나는…… 여기서는 그런 게 아무런 의미가 없는 거야. 그 모든 게 이곳 사람들에게는 일종의 버스 사고 같은 거였어. 나는 아버지를 도와서 일을 하게 되고 다시 엄청난 생존 경쟁에 투입되었지. 나는…… 네가 말한 대로…… 얼마쯤은 수치심을 가졌어. 왜냐하면 변한 사람이 아무도 없었으니까. 이건 꼭 그 무수한 젊은이들을 얼간이로 만들어 버린 것 같아 보였거든. 나는 내가 살아 있다는 것, 은행 계좌를 만들고, 새 차를 몰고, 새로 산 냉장고를 쳐다보는 게 잘못됐다고 느꼈어. 내 말은 다들 자기가 누리는 모든 것들이 전쟁에서 얻은 것들이며, 자기 차를 몰면서도 그게 누군가가 다른 누군가를 사랑했기 때문에 가능한 일이라는 걸 알고 그리고 그로 인해 조금 더 나은 사람이 되어야만 한다는 거야. 그렇지 않다면 지금 소유하고 있는 것들이란 약탈한 것에 지나지 않고, 거기 피가 묻어 있는 거겠지. 그렇게 해서 얻은 무엇인가를 나는 결코 원하지 않아. 그리고 너도 그런 것 중 하나라고 생각해.

앤   아직도 그렇게 느껴?

크리스   지금 난 널 원해, 애니.

앤   당신은 더 이상 그렇게 생각해선 안 돼. 지금 가진 게 무엇이건, 당신은 거기에 대해 권리가 있어. 모든 것에 대해서 말이야. 크리스, 알아듣겠어? 내게 대해서도 마찬가지야……. 그리고 돈 역시도. 당신이 가진 돈에는 잘못된 게 아무것도 없어. 당신 아버진 수백 대의 비행기를 하늘에 띄웠어. 자랑스러워할 일이야. 누군가는 거기에 대한 대가를 받아야지…….

크리스   오, 애니, 애니……. 널 위해서 돈을 벌겠어.

켈러   (무대 밖에서) 여보세요……. 그래, 물론이지.

앤   (부드럽게 웃으면서) 그 많은 돈으로 뭘 할까……? (두
        사람, 키스한다. 켈러, 집에서 나온다.)

켈러   (엄지손가락으로 집 쪽을 가리키며) 이봐라, 앤, 네 오빠
        가……. (부끄러워하며 두 사람, 떨어진다. 켈러가 내려온
        다. 그리고는 비아냥댄다……) 이게 무슨 일이지, 노동
        절이라도 됐나?

크리스 (아버지를 향해 손사례를 치며, 이 모든 농담에 끝이 없다
        는 걸 알고.) 알았어요, 알았다고요…….

앤   그렇게 갑자기 나타나시면 안 되죠.

켈러   아무튼, 아무도 오늘이 노동절이라곤 안 했는데. (주
        위를 돌아본다.) 핫도그는 없니?

크리스 (그 농담에 재미있어하며) 알겠어요, 한 번 지적하셨잖
        아요.

켈러   음, 앞으로 노동절이라는 걸 알게 되면 꼭 내 목에 방
        울이라도 달아 놓으마.

앤   (애정에 넘쳐서) 아저씬 감이 좋으시다니까.

크리스 코끼리만 한 체구에, 조지 버나드 쇼 같은 재치가 있으
        시지!

켈러   조지라고 했니! 얘들아, 너희가 키스하는 바람에 잊
        어버렸다. 네 오빠에게 전화가 왔어.

앤   (놀라며) 오빠에게서요?

켈러   그래, 조지다. 장거리 전화가 왔어.

앤   무슨 일일까, 뭔가 잘못되었나요?

켈러   모르겠다. 아내가 통화 중이야. 서둘러라. 그 사람이

네 오빠에게 통화료 5달러는 물게 할 게다.

앤 (한 걸음 무대 안쪽으로 가다가, 다시 크리스에게로 내려온다.) 당신 어머니께 이제는 말씀드려야 하지 않을까? 내 말은, 난 논쟁에 소질이 없거든.

크리스 오늘 밤까지 기다리자. 저녁 식사 후에. 자, 긴장하지 말고. 그 일은 내게 맡겨 둬.

켈러 앤에게 뭐라고 하는 거냐?

크리스 가 봐, 앤. (앤 불안해하며, 무대 안쪽으로 가서 집 안으로 들어간다.) 아버지, 저희 결혼할 겁니다. (켈러, 고개를 끄덕인다. 우유부단하게.) 그런데, 아버진 아무 말씀도 안 하세요?

켈러 (혼란스러운 마음으로) 기쁘구나, 크리스, 난 그저…… 조지가 콜럼버스에서 전화를 했더구나.

크리스 콜럼버스요!

켈러 조지가 오늘 자기 아버지 면회 간다고 애니가 얘기했니?

크리스 아뇨, 애니는 거기에 대해서 아무것도 모를 거예요.

켈러 (기분 상한 듯 묻는다.) 크리스! 너는…… 넌 네가 애니를 잘 안다고 생각하니?

크리스 (불쾌해지고 걱정스러워하며) 무슨 말씀이 그러세요……?

켈러 그냥 궁금해서 그런다. 그간 내내 조지는 제 아버질 만나러 가지 않았지. 그러던 애가 갑자기 면회를 가고…… 그리고 애니는 여기 오고 말이다.

크리스 네, 그게 어때서요?

켈러　미친 소리지, 하지만 마음에 걸린다. 애니는 날 원망
　　　하지 않겠지, 그렇지?

크리스　(화가 나서) 아버지가 지금 무슨 말씀하시는지 모르겠
　　　어요.

켈러　(좀 더 공격적으로) 그저 말해 보는 것뿐이야. 법정에서
　　　마지막 날 그 사람이 모든 걸 내 탓으로 돌렸잖니. 그
　　　리고 그 앤 그 사람 딸이고. 뭔가 알아내기 위해서 애
　　　니를 보낸 게 아닐까?

크리스　(점점 분노하며) 어째서요? 알아낼 만한 일이 뭐가 있죠?

앤　(무대 밖에서, 전화를 받으며) 왜 그렇게 흥분해, 오빠?
　　　거기서 무슨 일이라도 생겼어?

켈러　내 말은 어쩌면 저 사람들이 골치 아픈 이유로 우리를
　　　괴롭히기 위해서 사건을 끄집어내려는 게 아니겠느냐
　　　는 거야.

크리스　아버지…… 어떻게 애니에 대해서 그런 식으로 생각
　　　하실 수 있죠?

(이 대사와 그 아래 대사는 동시에 일어난다.)

앤　(계속 전화에 대고) 그런데 도대체 아빠가 오빠에게 뭐
　　　라고 말했는데?

켈러　있을 수 없는 일이지, 너도 알다시피.

크리스　아버지, 절 놀라게 하시네요…….

켈러　(말을 자르며) 좋다, 잊어버려, 잊자꾸나. (힘차게 돌아

다닌다.) 나는 네가 깨끗하게 출발했으면 좋겠어, 크리스. 공장에 새 간판을 다는 거지. 크리스토퍼 켈러 주식회사라고.

크리스 (조금 불편해하며) J. O. 켈러로 충분해요.

켈러 이 문젠 나중에 이야기하자. 난 네게 집을 지어 주려고 한다. 석조 건물 말이야, 길에서부터 진입로가 난 그런 집을. 난 네가 쭉쭉 뻗어 나가길 바란다. 크리스, 내가 널 위해서 이루어 놓은 것들을 누렸으면 좋겠어……. (크리스에게 바짝 다가가 있다.) ……기꺼이, 크리스, 부끄러워할 것 없이, 기꺼이 말이다.

크리스 (감동해서) 그럼요, 아버지.

켈러 (깊은 감정에 사로잡혀) ……그렇다고 말해 봐.

크리스 왜 이러시는 거예요?

켈러 왜냐하면 때로는 네가…… 이 돈에 대해 부끄러워하는 것 같기 때문이다.

크리스 아니에요, 그렇게 느끼지 마세요.

켈러 이건 깨끗한 돈이거든. 이 돈에는 잘못된 게 없어.

크리스 (조금 놀라며) 아버지, 제게 그런 말씀 하실 필요 없어요.

켈러 (애정에 넘치고 자신감에 차서, 크리스의 뒷덜미를 잡고 결의에 찬 입가에 웃음을 지으며) 봐라, 크리스, 널 위해 네 어머니를 설득하겠다. 우리 오늘 밤 네 어머니를 취하게 만들고, 모두 즐겁게 지내자! (팔을 활짝 벌리며, 옆으로 물러선다.) 얘야, 지금껏 누구도 본 일이 없는 그런 결혼식이 될 거다! 샴페인에, 턱시도에……! (통화 중인

앤의 목소리가 집 밖으로 크게 들리자 켈러, 말을 멈춘다.)

앤 　오빠는 흥분하면 자제가 안 되니까……. (어머니, 집 밖으로 나온다.) 글쎄, 아빤 오빠에게 대체 뭐라고 말씀하신 거야. (잠시 침묵한다.) 좋아, 그럼 여기 오든가. (잠시 침묵한다.) 그래, 다들 여기 있을 거야. 아무도 오빠에게서 도망치지 않을 테니까. 그러니까 오빠도 좀 침착해, 알겠어? (잠시 침묵한다.) 알았어, 알았어. 안녕. (앤은 수화기를 내려놓는 동안 잠시 침묵한다. 그런 다음 부엌에서 나온다.)

크리스 　무슨 일 있니?

켈러 　네 오빠가 이리로 온다니?

앤 　7시에요. 오빠는 콜럼버스에 있어요. (어머니에게) 오빠에게 괜찮을 거라고 말했어요.

켈러 　물론, 괜찮다마다! 네 아버지가 편찮으시냐?

앤 　(어리둥절해서) 아뇨. 오빤 아빠가 아프시다는 말은 하지 않았어요. 저는…… (생각을 떨쳐 버리며) 모르겠어요. 뭔가 멍청한 일이겠죠. 제 오빠 아시잖아요……. (크리스에게로 다가간다.) 드라이브 가요, 아니면 딴 거라도…….

크리스 　물론이지, 자동차 키 좀 주세요, 아버지.

어머니 　공원으로 드라이브를 하러 가렴. 지금 한참 아름답단다.

크리스 　자, 가자, 앤 (모두에게) 금방 돌아올게요.

앤 　(크리스와 진입로 쪽으로 퇴장하면서) 다녀오겠습니다.

(어머니, 무대 앞쪽 켈러 쪽으로 내려온다. 시선은 켈러에게 고정되어 있다.)

켈러   천천히 다녀와라. (어머니에게) 조지가 뭘 바라는 걸까?

어머니 오늘 아침부터 콜럼버스에서 스티브와 함께 있어요.
       즉시 앤을 만나 봐야겠대요, 그렇게 말했어요.

켈러   뭣 때문에?

어머니 모르겠어요. (경고조로 말한다.) 그 애는 이제 변호사예
       요, 여보. 조지가 변호사라고요. 그동안 내내 스티브
       에게 엽서 한 장도 보낸 적이 없었어요. 전쟁에서 돌
       아온 후, 엽서 한 장을 안 보냈다고요.

켈러   그래서 어쨌다는 거요?

어머니 (긴장감을 주체하지 못하고) 갑자기 그 애가 뉴욕에서
       비행기를 타고 아버질 만나러 간 거예요. 비행기로요!

켈러   그래서? 어쨌다는 거야?

어머니 (몸을 떨며) 어째서냐고요?

켈러   내가 사람 마음을 읽을 순 없지. 당신은 할 수 있나?

어머니 왜겠어요, 여보? 스티브가 갑자기 무슨 할 말이 생겨서
       조지가 비행기를 타고 제 아버질 만나러 간 걸까요?

켈러   스티브가 조지에게 무슨 할 말이 있건 내가 상관할 바
       가 뭐 있어?

어머니 정말인가요, 여보?

켈러   (놀라서, 한편 화가 나서) 그래, 정말이오.

어머니 (굳은 채로 의자에 앉는다.) 여보, 이제 빈틈없이 처신하
       세요. 그 애가 오고 있어요. 빈틈없이 처신해요.

켈러   (필사적으로) 내 말 한 번만 들어 보겠소? 나는 정말이
        라고 말했다고!

어머니   (힘없이 고개를 끄덕인다.) 그래요, 여보. (켈러, 꼿꼿이
        선다.) 그냥…… 빈틈없이 처신하세요. (켈러, 절망적인
        분노에 사로잡혀 그녀를 쳐다본다. 그런 다음 몸을 돌려 포
        치로 향한 뒤 집 안으로 들어간다. 등 뒤로 스크린 도어를
        거칠게 소리 내어 닫는다. 어머니는 굳은 채로 앞만 바라보
        다가 무대 앞쪽 의자에 앉는다.)

막이 내린다.

2막

그날 저녁 저물 무렵.

막이 오르자 오른쪽에서 크리스가 나뭇등걸은 놔둔 채 부러진 가지를 톱질하고 있는 모습이 보인다. 외출용 바지를 입고 흰색 구두를 신었으나 셔츠는 벗은 채다. 그가 나무를 들고 무대 안쪽 골목길로 사라지는 동안 어머니가 포치에 모습을 드러낸다. 그녀는 내려와 서서는 크리스를 지켜본다. 실내용 가운을 걸치고 포도 주스를 담은 커다란 유리 주전자와 민트 가지가 든 유리잔이 놓인 쟁반을 들고 있다.

어머니   (골목 쪽을 향해 큰 소리로 부른다.) 그런 일을 하는데 좋은 바지를 입어야만 하니? (어머니는 무대 앞쪽으로 와서 정자 안 탁자 위에 쟁반을 내려놓는다. 그런 다음 불안한 듯 주위를 둘러보고는 유리 주전자가 차가운지 손을 대 본

70

다. 크리스가 손을 털면서 골목길에서 등장한다.) 그걸 치우니까 더 밝아진 거 아니?

크리스   왜 아직 옷을 안 차려입으셨어요?

어머니   2층은 숨이 막힌단다. 조지를 위해서 포도 주스를 만들었다. 그 아인 언제나 포도를 좋아했지. 이리 와서 좀 마셔라.

크리스   (초조해하며) 글쎄요, 어서요, 옷 갈아입으세요. 그리고 아버지는 왜 저렇게 오래 주무시는 거예요? (그는 탁자로 가서 주스를 따른다.)

어머니   아버진 걱정을 하고 계셔. 걱정이 있을 땐 주무시지. (잠시 말을 멈춘다. 크리스의 눈을 들여다본다.) 크리스, 우린 어리석어. 네 아버지와 난 멍청한 사람이야. 우린 아무것도 모른단다. 네가 우릴 지켜 줘야만 해.

크리스   어머니 좀 이상하시네요. 두려워할 일이 뭐가 있어요?

어머니   법정에서의 마지막 날까지도 스티브는 네 아버지가 그 일을 하도록 만들었다는 생각을 결코 포기하지 않았어. 만약에 그 사람들이 이 사건을 재개한다면 난 버텨 낼 수가 없을 거다.

크리스   조지는 그냥 바보 천치예요, 어머니. 그 친구 말을 왜 심각하게 받아들이세요?

어머니   그 집 식구들은 우릴 미워해. 어쩌면 애니조차도…….

크리스   이젠 좀, 어머니…….

어머니   넌 네가 누구나 좋아하기 때문에, 그 사람들도 널 좋아한다고 생각하는 거야!

크리스　좋아요, 흥분하지 마세요. 그저 모든 것을 제게 맡기세요.

어머니　조지가 집에 돌아갈 때 앤더러 오빠랑 함께 가라고 말하거라.

크리스　(애매하게) 애니에 대해선 걱정하지 마세요.

어머니　스티브는 그 애 아버지이기도 하단다.

크리스　그만두지 않으시겠어요? 자, 들어가세요.

어머니　(무대 안쪽으로 크리스와 함께 가면서) 크리스, 너는 사람들이 누군가를 얼마나 미워할 수 있는지 모르지. 세상을 갈기갈기 찢어 버릴 정도로 미워할 수도 있는 거야……. (정장을 한 앤이 포치에 나타난다.)

크리스　보세요! 앤은 벌써 차려입었어요. (어머니와 함께 포치에 올라가며) 저도 셔츠를 입어야겠어요.

앤　(뭔가에 사로잡힌 듯) 기분은 괜찮으세요, 아주머니?

어머니　무슨 상관이겠니, 얘야. 알다시피 아플수록 더 오래 사는 사람들도 있단다. (집 안으로 들어간다.)

크리스　너 정말 예뻐 보여.

앤　오늘 밤에 우리, 아주머니께 말씀드리자.

크리스　물론이지, 그건 걱정하지 마.

앤　난 지금 말할 수 있으면 좋겠어. 뒤에서 숙덕거리는 일은 못 참겠어. 속이 불편해.

크리스　이건 숙덕거리는 게 아니야. 그냥 어머니를 좀 더 괜찮은 상태로 만들려는 것뿐이야.

어머니　(무대 밖, 집 안에서) 여보, 온종일 주무시는군요!

앤　　　(웃으면서) 마음 편한 사람은 당신 아버지밖에 없네. 깊이 잠드셨어.

크리스　나도 마음이 편해.

앤　　　그래?

크리스　이것 봐. (그는 손을 내밀고는 흔든다.) 조지가 도착하면 알려 줘. (집 안으로 들어간다. 앤, 그냥 걸어다니다가 나무 등걸을 발견한다. 나무 쪽으로 가서, 생각에 잠긴 채 부러진 그루터기 위를 머뭇거리며 어루만진다. 무대 밖에서 리디아가 큰 소리로 부른다. "여보, 와서 저녁 먹어요!" 왼쪽에서 수가 등장하다 앤을 보고는 멈춘다.)

수　　　혹시 그이가 여기……?

앤　　　(돌아서서 놀란다.) 어머나!

수　　　정말 미안해요.

앤　　　괜찮아요, 저는…… 어두운 걸 좀 무서워해서요.

수　　　(주위를 둘러보며) 어두워지고 있네요.

앤　　　남편을 찾고 계세요?

수　　　항상 그렇듯이요. (지친 듯이 웃는다.) 그이가 여기서 너무 많은 시간을 보내니까, 이 집 사람들은 남편한테 집세를 받아야만 할 거예요.

앤　　　아직 아무도 제대로 차려입지를 못해서 남편 되시는 분이 제 오빠를 데리러 정거장으로 차를 몰고 나가셨어요.

수　　　아, 오빠가 오세요?

앤　　　네, 이제 곧 도착할 때가 됐어요. 시원한 음료 좀 드시겠어요?

수 그러죠, 고마워요. (앤, 탁자로 가서 주스를 따른다.) 그이
    는요. 너무 덥다면서 절 해변에 태워다 주지도 않아요.
    남자들이란 언제나 어린 남자애 같죠. 이웃 사람을 위
    해서라면 사내애들은 언제라도 잔디를 깎거든요.

앤 사람들은 켈러 씨네 식구들을 위해 뭔가 해 주는 걸
    좋아해요. 제가 기억하는 한 항상 그랬죠.

수 놀라운 일이에요. 제가 보기에 당신 오빠는 당신을 결
    혼시키려고 오는 것 같은데요, 맞죠?

앤 (마실 것을 건네면서) 모르겠어요, 아마도요.

수 긴장되시겠어요.

앤 결혼이란 건 언제나 큰 문제예요, 그렇죠?

수 물론 당신이 어떤가에 달렸지만요. 당신에게 뭔가 문
    제가 있을 수 있다는 건 이해가 안 돼요.

앤 제겐 기회가 있었어요…….

수 당연히 그렇겠죠. 로맨틱해라……. 제게는 애인의 형
    과 결혼한다는 게 굉장히 별나 보이지만요.

앤 모르겠어요. 누군가 진실을 말해 줄 사람이 필요할 때
    마다 항상 크리스가 떠올랐기 때문일 거예요. 크리스
    가 뭔가를 얘기하면, 그 말이 맞다는 걸 알 수 있어요.
    크리스는 절 편안하게 해 줘요.

수 그리고 돈도 있지요. 아시다시피, 그게 아주 중요하죠.

앤 그런 건 저에게 상관없어요.

수 당신도 놀라게 될 거예요. 돈은 모든 걸 다르게 만들

거든요. 저는 수련의랑 결혼했어요. 제 봉급으로 살았어요. 그게 실수였어요. 왜냐하면 여자가 남자를 부양하는 순간부터 남자는 여자에게 뭔가를 빚지는 게 되거든요. 빚을 지게 되면 누군가를 원망하지 않을 수 없죠. (앤이 웃는다.) 아시겠지만 그건 사실이에요.

앤   사실은 말이죠, 선생님은 아주 헌신적인 분이라고 생각해요.

수   아, 그럼요. 하지만 남자가 언제나 자기 앞에 있는 창살을 쳐다보고 있는 건 좋지 않아요. 짐은 자기가 감옥에 있다고 생각해요.

앤   음……

수   그래서 당신에게 작은 부탁을 하나 하려고 해요. 앤…… 제게는 아주 중요한 문제예요.

앤   물론이죠, 할 수 있는 거라면.

수   할 수 있어요. 당신이 살림을 시작하게 되면, 여기서 멀리 떨어진 데 집을 구해 주세요.

앤   농담하시는 거예요?

수   저는 아주 진지해요. 남편은 크리스가 옆에 있으면 불행하거든요.

앤   왜 그렇죠?

수   짐은 성공한 의사예요. 하지만 의학 연구를 하고 싶다는 생각을 갖고 있어요. 발견 업적 말이에요. 아시겠죠?

앤   글쎄요. 그건 좋은 것 아닌가요?

수   연구직은 주당 25달러를 받는데 거기서 털 셔츠 세탁

비는 제하죠. 연구에 종사하려면 일상생활은 포기해야만 해요.

앤 크리스가 뭘 어떻게 하죠?

수 (격앙되면서) 크리스는 사람들로 하여금 가능한 것 이상 더 좋은 존재가 되기를 원하게 해요. 사람들에게 그런 일을 한다고요.

앤 그게 나쁜 일인가요?

수 이것 봐요, 내 남편한텐 가족이 있어요. 크리스와 함께 시간을 보낼 때마다 남편은 자신이 연구를 위해 모든 것을 포기하지 않은 것에 대해서 마치 타협을 하고 있는 것처럼 느끼거든요. 크리스나 다른 사람들은 마치 타협을 하지 않는 듯이 말이에요. 남편한텐 이삼 년마다 이런 일이 일어나요. 누군가를 만나면 그이는 그 사람에 대해서 이상적인 그림을 가져요.

앤 어쩌면 그분이 옳을 수도 있죠. 크리스가 이상적인 인간이라는 뜻은 아니에요, 그렇지만……

수 자, 아가씨, 당신은 그가 옳지 않다는 걸 알아요.

앤 그 말씀에는 동의하지 않아요. 크리스는…….

수 있는 그대로 현실을 봐요, 이 아가씨야. 크리스는 자기 아버지와 함께 일하지요, 그렇지요? 일 년 내내 매주 그 일을 하고 돈을 받고 있잖아요.

앤 그게 어때서요?

수 그게 어떠냐고 물었나요?

앤 분명히 묻고 있어요. (감정이 폭발하려는 듯 보인다.) 그런 험담을 하시면 안 되죠. 당신이 그러실 줄은 몰랐어요.

수   그럴 줄 몰랐다뇨!

앤   만약에 그 공장에 뭔가 옳지 않은 게 있다면 크리스는 거기서 단돈 5센트도 안 받을 거예요.

수   그걸 아시는군요.

앤   알다마다요. 당신이 한 말 모두가 절 화나게 해요.

수   (앤에게 다가가면서) 보세요, 제가 뭐에 대해 화가 나는지 아세요?

앤   제발, 저는 말싸움하기 싫어요.

수   전 이 신성한 가족 옆집에 사는 게 싫어요. 제가 꼭 쓰레기같이 느껴지니까요. 아시겠죠?

앤   그건 제가 어떻게 할 수 없는 일이에요.

수   남의 일생을 망친 게 대체 누군가요? 조가 감옥에서 나오기 위해 술수를 썼다는 건 다들 알고 있어요.

앤   그건 사실이 아니에요!

수   그렇담 왜 나가서 사람들에게 말하지 않나요? 자, 가서 모두에게 말해요. 진실을 모르는 사람은 이 동네에 단 한 명도 없어요.

앤   거짓말이에요. 사람들은 매번 이 집에 카드를 하러 오고 그리고…….

수   그게 어쨌다는 거예요? 다들 조가 빈틈없다는 걸 인정하기 때문이죠. 저 역시 그래요. 조에 대해서 비난할 건 없어요. 하지만 크리스가 사람들이 고행자의 거친 털옷을 입기 원한다면 자기가 입은 고급 옷은 벗어 버려야죠. 크리스는 그 가식적인 이상주의에 내 남편이 열광하게 만들고 있어요. 그리고 전 막다른 골목에서 빠져나갈 수가 없다고요! (크리스가 포치에서 등장한다. 셔츠를 입고 넥타이를 매고 있다. 인기척을 듣고 수는 재빨리 돌아선다. 미소를 지어 보인다.) 안녕하세요, 어머님은 어떠세요?

크리스 조지가 온 줄 알았는데.

수 아니, 저희뿐이에요.

크리스 (그들에게 내려오면서) 수지, 부탁 하나 들어줄래요? 어머니께 가서 진정하시도록 좀 봐 주세요. 어머니는 지금 흥분 상태예요.

수 아직 두 사람 일에 대해서 모르고 계세요?

크리스 (약간 웃으면서) 글쎄요, 감은 잡고 계신 것 같아요. 저희 어머니 아시잖아요.

수 (포치 쪽으로 올라가며) 아, 그래요. 아주머닌 신경이 예민하시죠.

크리스 약장 속에 뭔가 있을 거예요.

수 제가 하나 찾아 드릴게요. (포치에서) 아주머니 걱정은 말아요. 한두 잔 마시고, 얼마쯤 춤추고 나면…… 앤을 사랑할 거예요. (앤에게) 당신은 여자로 변한 크리스니까요. (크리스가 웃는다.) 놀라지 마세요. 전 여자라고 말했어요. (그녀가 집 안으로 들어간다.)

크리스 재미있는 여자야, 그렇지?

앤   그래, 아주 재미있어.

크리스   보다시피 수는 훌륭한 간호사지, 수는…….

앤   (긴장하고 있으나, 자제하려 애쓰며) 당신은 아직도 그런
        식이야?

크리스   (뭔가 잘못된 것을 감지하고서, 그러나 계속 웃으면서) 무
        슨 식?

앤   누군가를 알자마자 그 사람의 특징을 찾아내는 것 말
        이야. 저 여자가 훌륭한 간호사라는 것을 당신이 어떻
        게 알아?

크리스   무슨 일인데, 앤?

앤   저 여잔 당신을 미워해. 경멸한다고!

크리스   이것 참…… 뭣 때문에 그래?

앤   이런, 크리스…….

크리스   무슨 일 있었어?

앤   당신은 결코…… 왜 내게 말하지 않았어?

크리스   뭘 말이지?

앤   저 여자 말이 사람들은 조 아저씨가 유죄라고 생각
        한대.

크리스   사람들이 어떻게 생각하든 무슨 상관이야?

앤   사람들이 어떻게 생각하는 건 관심 없어. 당신이 왜
        그걸 부정하려고 애쓰는지 이해할 수 없을 뿐이야. 당
        신은 이 일이 모두 잊혔다고 말했지.

크리스   나는 네가 여기 올 때 뭔가 잘못된 게 있다고 생각하
        길 원하지 않았어. 그게 다라고. 아버지가 유죄라고

생각하는 사람들이 많다는 건 나도 알아. 그리고 내 마음속에서도 뭔가 석연치 않은 구석이 있다는 건 추측했어.

앤 그렇지만 나는 한 번도 당신 아버질 의심한다고 한 적 없어.

크리스 그렇게 말한 사람은 아무도 없어.

앤 크리스, 당신이 아버질 얼마나 사랑하고 있는지 알아, 허지만 이건 결코…….

크리스 만약에 아버지가 정말 그 일을 하셨다면 내가 아버질 용서했을 거라고 생각해?

앤 내가 느닷없이 여기 있는 건 아냐, 크리스. 나는 내 아버지에게서 등을 돌렸어. 만일 지금 여기 뭐든 잘못된 게 있다면…….

크리스 나도 그걸 알아, 앤.

앤 아빠에게 갔던 오빠가 오고 있어. 그리고 그건 축복을 전하러 오는 건 아닐 거야.

크리스 이 집은 조지를 환영해. 조지에게서 네가 두려워할 일은 아무것도 없어.

앤 그렇게 얘기해 줘……. 바로 그렇게.

크리스 아버지에겐 죄가 없어, 앤. 아버지가 한때 무고를 당했고 그래서 지옥 같은 시련을 겪었다는 것을 기억해 봐. 만약에 네가 또 그런 일에 맞닥뜨리면 어떻게 하겠니? 애니, 날 믿어 줘. 네가 여기 있는 건 잘못되지 않았어. 믿어 줘, 애니.

앤   알았어, 크리스, 알았어. (두 사람, 껴안는다, 그때 켈러가
        조용히 포치에 나타난다. 앤, 그저 그를 유심히 바라본다.)

켈러   내가 나올 때마다 여긴 매번 놀이터 같구나! (두 사람,
        떨어진다. 그리고 당황하며 웃는다.)

크리스   아버지 면도하시는 줄 알았는데요?

켈러   (벤치에 앉으며) 곧 하지. 방금 깨어나서, 아무 생각이
        없다.

앤   면도하신 것 같아 보여요.

켈러   아, 아니다. (턱을 주무른다.) 오늘 밤은 아주 특별해야
        하거든. 중요한 밤이야, 애니. 그래 결혼한 여자가 되
        는 느낌이 어떠냐?

앤   (웃는다.) 모르겠어요, 아직은.

켈러   (크리스에게) 무슨 일이니? 너 무슨 실수라도 했냐? (말
        하는 동안 켈러는 벤치 밑에서 작은 사과 상자를 꺼낸다.)

크리스   위대한 루에*!

켈러   그게 무슨 말이냐, 루에라니?

크리스   프랑스어예요.

켈러   외설스러운 말은 하지 마라. (함께 웃는다.)

크리스   (앤에게) 너 이보다 더 무식한 사람 만나 본 적 있니?

켈러   글쎄, 누군가는 생계를 책임져야 하지.

앤   (그들이 웃는 동안) 그게 아저씨를 설명하는 말이죠.

켈러   모르겠다. 하지만 이 나라에서 모두가 그 빌어먹을 놈

---

* roué. 프랑스어로 '난봉꾼'이라는 뜻.

의 교육을 받게 된다면 아무도 쓰레기를 치우려고 하지 않을 거다. (함께 웃는다.) 그래서 사장들만이 계속 바보인 채로 남아 있을 뿐이지.

앤　　아저씬 바보가 아니에요.

켈러　　나도 안단다. 그렇지만 예를 들어, 네가 우리 공장에 들어가 보렴. 나는 너무 많은 대령, 소령, 대위 들을 데리고 있어서 누구에게 바닥 청소 부탁하기도 민망할 정도야. 누군가를 모욕하지 않도록 조심해야 하거든. 농담이 아냐. 이건 비극이라고. 요즘 길거리에 서서 침을 뱉으면 대학생을 맞히게 될걸.

크리스　그럼, 침 뱉지 마세요.

켈러　　(사과를 반으로 쪼개서 앤과 크리스에게 건네주면서) 난처하다는 소리야. (한숨 돌린다.) 생각해 봤는데, 애니…… 네 오빠 조지 말이다. 네 오빠 조지에 대해서 쭉 생각했단다. 조지가 여기 오면 네가 좀 오빠에게 브루치*해 줬으면 해.

크리스　말을 꺼낸다는 의미의 브로치는 철자가 달라요.

켈러　　뭐가 어때서?

크리스　(미소 지으며) 그건 영어가 아니죠.

켈러　　내가 야간 학교 다닐 땐 브루치였다니까.

앤　　(웃으며) 음, 주간 학교에서는 브로치예요.

---

* brooch. 주로 미국에서 옷깃 등에 다는 핀을 뜻하는 단어지만 여기서 켈러는 말을 꺼낸다는 의미의 broach와 혼동하여 사용하고 있으며 발음 역시 틀렸다.

켈러 사방에서 포위하진 마라, 알겠지? 진심으로, 앤……
     너희 오빠 건강이 안 좋다고 하지 않았니. 생각해 봤
     는데, 이 아저씨에게 여기 이렇게 많은 친구들이 있는
     데 왜 조지가 살인적인 경쟁을 하며 뉴욕에서 스스로
     지쳐 가야 하느냐 이 말이다. 난 시내의 몇몇 거물급
     변호사와 아주 친하다. 조지가 여기서 개업하게 해 줄
     수 있어.

앤   정말이지 친절하세요, 조 아저씨.

켈러 아니다, 얘야, 내가 친절해서가 아니란다. 이해해 줬
     으면 좋겠다. 나는 크리스를 생각하고 있는 거야. (잠
     시 말을 멈춘다.) 자, 알겠니……. 내 말인즉슨 사람은
     나이가 들면, 자기가 뭔가를 이루었다는 걸…… 느끼
     고 싶어 하는 법이야. 내가 유일하게 이룬 것은 내 아
     들이다. 나는 머리가 좋은 사람이 아니야. 저 애가 내
     성취의 전부란다. 자 이제 일 년, 아니 18개월이면 네
     아버지는 자유의 몸이 될 거다. 네 아버지가 누구에게
     갈까, 애니? 자기 자식에게지. 바로 너 말이다. 그 사
     람은 늙고 실성해서 네 집에 찾아올 거다.

앤   그건 더 이상 문젯거리가 아니에요, 아저씨.

켈러 나는 그런 증오가 우리 사이에 끼어들지 않았으면 좋
     겠다. (크리스와 자기 사이를 몸짓으로 가리킨다.)

앤   아저씨께 그런 일은 결코 일어나지 않을 것이라는 것
     만은 말씀드릴 수 있어요.

켈러 애니, 넌 지금 사랑에 빠져 있다. 그렇지만 날 믿어라.

나는 너보다 나이가 많고, 그리고 잘 안단다. 딸은 딸이고, 아버지는 아버지라는 걸. 또 그런 일은 일어날 수 있단다. (말을 멈춘다.) 나는 너와 조지가 감옥에 계신 네 아버지에게 가서 "아빠, 나오시면 조 아저씨 아빠가 사업을 하시길 원하세요."라고 말해 주었으면 한다.

앤 (놀라서, 심지어 충격을 받고) 아빠를 동업자로 받아들이시겠다고요?

켈러 아니, 동업자는 아니야. 좋은 일자리 말이다. (말을 멈춘다. 애니가 충격을 받고 조금은 의아해하는 것을 본다. 그는 일어난다. 좀 더 신경질적으로 말한다.) 난 네 아버지가 알았으면 해, 애니……. 나는 네 아버지가 거기 있는 동안 출소한 뒤 자신을 기다리는 일자리가 있다는 걸 알았으면 싶어. 그러면 괴로움이 덜어질 거야. 자리가 있다는 걸 알면…… 마음이 한결 낫지.

앤 조 아저씨, 아저씬 아버지에게 빚진 것이 없어요.

켈러 그 사람에게 면박을 줄 일이 있지. 하지만 네 아버지니까…….

크리스 그렇다면 면박을 주세요! 전 그분이 공장에 있는 걸 바라지 않아요. 그러니 더 이상 얘기해 봐야 소용없어요! 아시겠어요? 그리고 또 그분에 대해서 그렇게 말씀하지 마세요. 사람들이 아버질 오해한다고요!

켈러 애니가 왜 제 아버지에게 그렇게 심한 고통을 줘야만 하는지 알 수가 없구나.

크리스　글쎄요, 그분은 애니 아버지죠. 만약 애니가 그렇게
　　　　느낀다면…….

켈러　　안 돼, 안 된다…….

크리스　(거의 화를 내며) 그게 아버지랑 무슨 상관인데요, 그
　　　　이유가……?

켈러　　(몹시 신경질적으로 감정을 위엄 있게 터뜨리며) 아버지
　　　　는 아버지란 말이다! (그런 감정 폭발로 자신을 드러내고
　　　　말았다는 듯, 취소하고 싶어 하며 주위를 둘러본다. 손을 뺨
　　　　으로 가져간다.) 나는…… 난 면도나 해야겠다. (그는 돌
　　　　아선다. 얼굴에는 미소를 띠고 있다. 앤을 향해.) 네게 소
　　　　리 지르려던 건 아니란다, 애니.

앤　　　이 모든 걸 함께 잊어버려요, 조 아저씨.

켈러　　그래 맞다. (크리스에게) 난 저 애가 마음에 들어.

크리스　(아버지의 어리석음에 대해 조금 화가 난 채로) 면도하러
　　　　가세요, 그러실 거죠?

켈러　　알았다, 알았어.

(그가 포치로 돌아설 때 리디아가 오른쪽 자기 집에서 서둘러 나
온다.)

리디아　제가 완전히 잊어버렸어요……. (크리스와 앤을 보고)
　　　　안녕. (켈러에게) 오늘 밤 케이트 아주머니 머리를 빗
　　　　겨 드리기로 약속했거든요. 아직 머리 손질을 하진 않
　　　　으셨지요?

켈러   항상 웃는 얼굴이구나, 리디아.

리디아   물론이죠, 안 그럴 이유가 있나요?

켈러   (포치로 올라가면서) 올라가서 집사람 머리를 손질해
        다오. (리디아, 포치로 올라간다.) 그 사람한테 아주 중
        요한 밤이야, 예쁘게 해 주렴.

리디아   그럴게요.

켈러   (리디아를 위해 문을 열어 놓은 채로 붙들고 있다. 리디아,
        부엌 안으로 들어간다. 크리스와 앤에게) 얘들아, 이걸로
        노래를 만들 수 있겠다. (나직하게 흥얼거린다.) 올라와
        서 케이티의 머리를 빗겨 줘……. 오, 올라와, 그녀는
        나의 사랑스러운 여자……. (앤에게) 야간 학교 일 년
        다닌 것치고 어떠니? (부엌으로 들어가면서 계속 노래를
        부른다.) 오, 올라와, 올라와 줘, 내 여자의 머리를 빗
        겨 줘…….

(짐 베일리스가 빠른 걸음으로 진입로 모퉁이를 돌아온다. 짐은 크
리스에게 가로질러 가 몸짓으로 그를 일으켜 세우고 흥분해서 무대
앞쪽으로 끌고 간다. 켈러는 부엌 문 바로 안에서 두 사람을 지켜보
며 서 있다.)

크리스   무슨 일이야? 조지는 어디 있어?

짐   네 어머닌 어디 계시지?

크리스   2층에, 옷 갈아입고 계셔.

앤   (급히 가로질러 그들에게로 가면서) 조지 오빠에게 무슨

일이 생겼어요?

짐   조지에게 차에서 기다리라고 했어. 이제 내 말 좀 들어 봐. 충고 하나만 들어줄래? (다들 기다린다.) 조지를 여기 데려오지 마.

앤   왜요?

짐   케이트 아주머니 상태가 좋지 않아요. 아주머니 앞에서 이 문제를 터뜨릴 수는 없어요.

앤   뭘 터뜨리는데요?

짐   당신은 조지가 여기 왜 왔는지 알고 있잖소. 아무것도 모르는 척하지 말라고. 그 친구 눈에 핏발이 섰어. 차를 몰고 어디 다른 데 데리고 가서 둘이서 얘기를 해 봐요.

(앤, 진입로 쪽으로 가려고 몸을 돌려 몇 걸음 걷다 켈러를 보고 멈춘다. 켈러, 조용히 집으로 들어간다.)

크리스   (불안해지고, 그 때문에 화가 나서) 겁쟁이처럼 굴지 마.

짐   조지는 앤을 집으로 데려가려고 온 거야. 그게 무슨 뜻일까? (앤에게) 당신은 그게 무슨 뜻인지 알겠죠. 어디 다른 데서 오빠와 싸워서 결말을 내도록 해요.

앤   (크리스 쪽으로 되돌아온다.) 내가 운전해서…… 어디 딴 곳으로 데려갈게.

크리스   (그녀에게 간다.) 안 돼.

짐   자꾸 멍청이같이 굴래?

크리스   여기 조지를 겁내는 사람은 없어. 집어치우라고! (진
      입로로 가려다가 그쪽에서 들어서는 조지와 갑자기 맞닥뜨
      린다. 조지는 크리스와 또래지만 더 창백한 인상으로, 지금
      인내심의 한계에 도달해 있다. 마치 자기가 고함을 칠까 두
      려워하는 듯 조지는 조용히 말한다. 한순간 망설이다 크리
      스는 그에게 가서 미소를 지으며 손을 내민다.) 알 수가 없
      군. 왜 그 차 안에 앉아 있었어?

조지   의사 선생 말이 네 어머니가 편찮으시대서, 나는…….

크리스   그게 어때서? 어머니는 널 보고 싶어 하실 거야. 안 그
      렇겠니? 우린 오후 내내 널 기다렸어. (조지의 팔에 손
      을 얹는다. 그러나 조지는 팔을 빼내고 앤을 향해 가로질러
      간다.)

앤   (조지의 옷깃을 만지며) 좀 지저분한데, 다른 셔츠는 안
      가지고 왔어? (조지, 앤에게서 떨어져서 뜰을 살피면서 무
      대 앞 왼쪽으로 간다. 문이 열리자, 케이트라고 생각하고서
      재빨리 돌아서지만, 나온 것은 수다. 수가 조지를 쳐다보지
      만, 그는 돌아서서 왼쪽의 담장 쪽으로 간다. 그는 담장 너
      머로 자신의 옛날 집을 바라본다. 수 무대 앞쪽으로 온다.)

수   (불쾌한 채로) 해변에 가면 어때요, 짐?

짐   아, 운전하기엔 너무 더워.

수   역에는 어떻게 갔어요, 체펠린 비행선을 타고?

크리스   이분은 베일리스 부인이야, 조지. (조지가 무대 왼쪽 너
      머의 집을 바라보느라 관심을 보이지 않자, 큰 소리로 부른
      다.) 조지! (조지가 돌아선다.) 베일리스 부인이야.

수   안녕하세요.

조지   (모자를 벗으며) 우리 집을 사신 가족이군요, 그렇지요?

수   맞아요. 떠나시기 전에 오셔서 우리가 그 집을 어떻게
        해 놓았는지 보세요.

조지   (그녀에게서 떨어져서 무대 앞쪽으로 걸어간다) 전 예전
        그대로를 좋아했지요.

수   (잠시 멈춘 다음) 저분은 솔직하시군요, 안 그래요?

짐   (그녀를 왼쪽으로 끌어내며) 나중에 봅시다……. 편안
        하시길, 여러분. (둘은 왼쪽으로 퇴장한다.)

크리스   (부부의 등 뒤에서 큰 소리로) 조지를 태워다 줘서 고마
        워! (조지에게 돌아서면서) 포도 주스 좀 마시지 않을
        래? 어머니가 특별히 널 위해서 만드셨어.

조지   (억지로 감사를 표하며) 친절하신 케이트 아주머니, 내
        가 포도 주스를 좋아하던 걸 기억하셨군.

크리스   그동안 넌 이 집에서 포도 주스를 어지간히 마셨지.
        조지, 그동안 어떻게 지냈어? 앉아.

조지   (계속해서 돌아다닌다.) 이렇게 금방인 것을. (주위를 둘
        러보며) 불가능할 줄 알았는데.

크리스   뭐가?

조지   내가 여기 다시 돌아온 거.

크리스   봐, 넌 좀 흥분한 것 같아. 안 그래?

조지   그래, 하루가 끝날 때면 특히. 넌 뭐가 됐지, 이제 거물
        급 중역이신가?

크리스   그저 중간 관리일 뿐이야. 법률 쪽은 어때?

조지　모르겠어. 병원에서 공부할 때는 법률 쪽이 말이 되는 것 같았는데, 병원 밖에 나와 보니 법도 대단할 게 없더라고. 나무들이 굵어졌구나, 그렇지? (나뭇등걸을 가리킨다.) 저건 어떻게 된 거야?

크리스　어젯밤에 부러졌어. 너도 알겠지만 래리를 위해서 거기 심어 놓은 건데.

조지　왜, 래리를 잊어버리게 될까 봐?

크리스　(조지에게로 간다.) 고작 그게 네 소감이야?

앤　(끼어들어서 크리스에게 손을 얹어 자제시키며) 오빠는 언제부터 모자를 쓰기 시작했어?

조지　(손에 들고 있는 모자를 새삼 깨닫고) 오늘부터. 어쨌든 난 지금부터 변호사처럼 보이기로 결심했어. (앤에게 모자를 들어 보이며) 이 모자 뭔지 모르겠니?

앤　왜? 어디서……?

조지　네 아버지 모자야……. 아버지가 내게 이걸 쓰라고 하셨어.

앤　……아빠 좀 어때?

조지　더 왜소해지셨어.

앤　더 왜소해지셨다고?

조지　그래, 좀. (손으로 정도를 표시해 보인다.) 아버진 소심한 사람이야. 너도 알다시피 그게 잘 속아 넘어가는 사람에게 일어나는 일이지. 내가 때맞춰 아버지를 찾아간 건 잘한 일이었어……. 한 해만 더 지났으면 아버지에겐 아무것도 남아 있지 않았을 거야. 체취만 남기고 말이지.

크리스 무슨 일이야, 조지, 무슨 문제가 생겼어?

조지 무슨 문제냐고? 문제는 사람들을 일단 얼간이로 만들었으면, 두 번이나 그렇게 만들려고 해서는 안 된다는 거야.

크리스 무슨 의미야?

조지 (앤에게) 너 아직 결혼하지 않았지, 그렇지?

앤 오빠, 앉아. 그리고 제발 좀 그만두지…….

조지 너 벌써 결혼했니?

앤 아니, 아직은 결혼 안 했어.

조지 크리스와 결혼해선 안 돼.

앤 왜 크리스와 결혼해선 안 되는데?

조지 크리스네 아버지가 네 가족을 망쳐 놨으니까.

크리스 저기, 이봐, 조지…….

조지 크리스, 빨리 끝내 줘. 쟤더러 나와 함께 집으로 가라고 말해. 언쟁은 그만두자. 넌 내가 무슨 소릴 해야만 하는지 알고 있잖아.

크리스 조지, 하느님의 음성으로 얘기하려는 건 아니겠지, 그렇지?

조지 난…….

크리스 그게 평생 네 문제였어, 조지. 덮어놓고 일에 뛰어드는 것 말이야. 대체 무슨 소릴 하려고 그러는 거야? 너도 이제 다 컸다고.

조지 그래, 이제 다 컸지.

크리스   여기서 협박하려고 들지 마. 꼭 해야 할 말이 있으면,
         예의를 차려서 해.

조지   나한테 예의가 뭔지 가르치지 마!

앤   쉿!

크리스   (금방이라도 조지를 때릴 듯이) 어른답게 말할래, 말래?

앤   (서둘러, 감정이 폭발하기 전에 막아 보려고) 자, 앉아, 오
         빠. 화내지 말고. 도대체 무슨 일이야? (조지, 앤을 쳐
         다보며, 그녀가 자신을 앉히도록 내버려 둔다.) 그래, 무슨
         일이 생긴 거야? 내가 떠날 때 오빠는 내게 키스를 해
         줬는데, 지금 오빠는…….

조지   (숨을 헐떡이면서) 그 후로 내 삶이 뒤죽박죽이 되었
         어. 네가 떠나고 난 일을 하러 갈 수가 없었어. 아버지
         께 가서 네가 결혼할 거라고 말씀드리고 싶었어. 아버
         지께 말을 안 한다는 건 있을 수 없는 일 같았지. 아버
         지가 널 그렇게 사랑하셨는데……. (말을 멈춘다.) 애
         니…… 우리는 정말이지 지독한 짓을 했어. 결코 용서
         받을 수 없을 거야. 크리스마스 때 그분에게 카드 한
         장을 안 보냈지. 전쟁에서 돌아온 후로 단 한 번도 아
         버지를 보지 않았어! 애니, 그분이 어떤 일을 당했는
         지 넌 몰라. 무슨 일이 있었는지 넌 모른다고.

앤   (두려워하면서) 물론 나도 알아.

조지   넌 몰라. 알았다면 여기 있을 수 없었을 테니까. 아버
         지는 그날 일하러 가셨어. 야간 팀장이 아버지에게 와
         서 그 실린더 헤드를 보여 주었지……. 그것들은 제조

과정에서 결함이 있는 채 생산되고 있었어. 제조 과정에 뭔가 문제가 있었던 거야. 그래서 아버지는 곧장 전화기로 달려가 여기 전화를 건 다음 조 아저씨에게 곧바로 나오라고 했어. 그런데 아침이 지난 거야. 조 아저씬 나타나지 않았어. 그래서 아버지는 다시 전화를 걸었지. 그때까지만도 백여 개도 넘는 불량품이 나왔어. 군에서는 물건을 보내라고 아우성이고 아버지에겐 선적할 물건이 없었어. 그래서 조 아저씨가 아버지에게 말했어…… 전화로 아버지에게 용접을 하라고, 아버지가 할 줄 아는 방식으로 금이 간 걸 붙이고, 그리고 그걸 실으라고 말했어.

크리스   네 말 끝났니?

조지   (크리스에 대한 감정이 끓어오르며) 아직 말 안 끝났어! (앤에게 돌아서서) 아버진 무서웠어. 만약에 그 일을 해야 한다면 아버지는 조 아저씨가 거기 있길 바랐지. 하지만 조 아저씬 올 수가 없었어……. 아팠으니까. 아팠다고! 갑자기 독감에 걸린 거야! 갑자기! 하지만 자기가 책임을 지겠다고 약속을 했어. 내가 한 말 알아듣겠어? 전화로는 책임을 질 수가 없어! 법정에서는 언제든 전화에 대해 부인하면 그만이야. 그리고 그게 바로 조 아저씨가 한 짓이야. 처음에는 저들도 아저씨가 거짓말을 한다는 걸 알았어. 그런데 항소심에서 다들 그 썩어 빠진 거짓말을 믿었고 이제 조 아저씨는 거물이 되었지만 네 아버지는 죄를 뒤집어쓴 얼간이일 뿐이지. (자리에서 일어난다.) 이제 넌 어떻게 할래? 크리스의 음식을 먹고, 그의 침대에서 잘 거야? 대답해 봐. 어떻게 할 거야?

크리스   조지, 넌 어떻게 할 건데?

조지   내가 다루기에 네 아버지는 너무 교활해, 난 전화 통화는 입증할 수가 없어.

크리스   그렇다면 어떻게 감히 그 따위 허튼소리를 하러 여기에 올 수 있지?

앤   오빠, 법정에서는…….

조지   법정은 네 아버질 몰라! 하지만 넌 알아. 마음속에서는 조 아저씨가 그랬다는 것을 알고 있잖아.

크리스   (조지 주위를 어지럽게 돌면서) 목소리 낮춰. 안 그러면 여기서 내쫓아 버리겠어!

조지   앤은 알고 있어, 알고 있다고.

크리스   (앤에게) 앤, 네 오빠를 여기서 내보내 줘. 여기서 나가게 해.

앤   오빠, 오빠가 한 말 다 알아. 아빠가 법정에서 다 한 말이야. 그런데 그 사람들은…….

조지   (거의 절규하듯) 애니, 법정은 아버지에 대해서 모른다고!

앤   쉿! 그렇지만 아빤 무슨 말이라도 할 거야, 오빠. 아빠가 얼마나 쉽게 거짓말을 하시는지 오빠도 알잖아.

조지   (크리스에게 돌아서며, 신중하게) 너한테 묻고 싶은 게 있어. 그러니까 대답할 때 내 눈을 똑바로 보고 말해.

크리스 네 눈을 쳐다볼게.

조지 넌 너희 아버지를 알지…….

크리스 아버지를 잘 알아.

조지 그런데 너희 아버지가 자기가 모르는 채로 자기 공장에서 121개의 실린더 헤드를 대충 고쳐서 선적하게 놔두는 경영자야?

크리스 아버지는 그런 경영자야.

조지 그리고 전깃불이 다 꺼졌는지 돌아보지 않고서는 자기 공장을 결코 떠난 적 없는 사람도 바로 그 조 켈러지.

크리스 (점점 화가 치밀어) 똑같은 조 켈러야.

조지 자기 공장 직원이 하루에 몇 분이나 화장실에 있는지 알고 있는 바로 그 사람 말이지.

크리스 똑같은 그 사람이야.

조지 그리고 우리 아버지, 누구랑 같이 가지 않으면 셔츠도 못 사는 겁쟁이 쥐 같은 사람. 그런 사람이 감히 자기 혼자 그런 일을 저지를 수 있을까?

크리스 혼자서 했지. 그리고 네 아버지가 겁먹은 쥐이기 때문에, 더욱이 그분이 할 만한 또 다른 일이 있었지. 자기 스스로 책임을 질 수 있는 사내가 아니니까 남에게 책임을 전가하는 일 말이야. 법정에서 그렇게 하려고 하셨지만 효과가 없었지. 하지만 너 같은 바보에게는 그게 먹히는 모양이군!

조지 이런, 크리스, 너는 너 자신에게 거짓말을 하고 있구나!

앤   (매우 동요하며) 그렇게 말하지 마!

크리스   (조지를 보며 앉는다.) 조지, 말해 봐. 무슨 일이 있었지?
        그간 법정 기록은 너한테 충분히 믿을 만한 거였잖아,
        그런데 왜 이제 아니라는 거야? 왜 그동안은 그걸 믿
        어 왔는데?

조지   (잠시 멈춘 후에) 왜냐하면 네가 그걸 믿었기 때문이
        야……. 정말이야, 크리스. 난 모든 걸 믿었어. 왜냐하
        면 너도 믿었다고 생각했으니까. 하지만 오늘 나는 아
        버지 입으로 이야기를 들었어. 그분 입에서 나온 말은
        기록과는 전혀 달랐어. 우리 아버지를 아는 사람, 그
        리고 너희 아버지를 아는 사람이라면 누구라도 아버
        지 입에서 나온 말을 믿을 거야. 네 아버진 우리가 가
        진 걸 전부 빼앗아 갔어. 나는 그것까지 어떻게 해 볼
        순 없어. 하지만 저 애는 그 사람이 빼앗아 갈 수 없는
        존재야. (앤에게로 돌아선다.) 네 짐을 가져와. 저 사람
        들이 갖고 있는 것은 모두 피로 물들어 있어. 넌 그런
        것과 같이 살 수 있는 종류의 여자가 아냐. 네 짐을 가
        져와.

크리스   앤…… 저 말을 믿는 건 아니지, 그렇지?

앤   (크리스에게 간다.) 당신은 이게 진실이 아니란 걸 알
        지, 안그래?

조지   어떻게 크리스가 너에게 말할 수 있겠어? 그 사람이
        자기 아버지인데. (크리스에게) 이런 일이 네 마음에
        떠오른 적조차도 없어?

크리스 아니, 그런 것들이 마음에 떠오른 적이 있지. 그 어떤
        것도 상상은 해 볼 수 있으니 말이야!

조지   애니, 크리스는 알고 있어, 알고 있다고!

크리스 하느님의 음성이로군!

조지   그러면 왜 회사 이름에 네 이름이 안 들어가 있지? 그
        걸 앤에게 설명해 봐!

크리스 도대체 그놈의 것이 무슨 상관이 있다고……?

조지   애니, 왜 크리스 이름이 거기에 없지?

크리스 내가 회사를 소유하고 있는 것도 아닌데!

조지   누굴 놀려? 네 아버지가 돌아가시면 누가 회사를 갖
        게 되는데? (앤에게) 눈을 떠, 넌 두 사람을 다 알고 있
        잖아, 그게 저 사람들이 제일 먼저 할 일이 아니겠니,
        그들이 서로를 사랑하는 방식 아니겠어? J.O. 켈러와
        아들이라고? (멈춘다. 앤, 조지에게서 크리스에게로 시선
        을 돌린다.) 내가 이 문제의 결말을 짓겠어. 너는 이 문
        제를 끝내고 싶어, 아니면 그렇게 하기 무서워?

크리스 ……무슨 뜻이지?

조지   내가 올라가서 네 아버지에게 말하게 해 줘. 십 분 안
        에 넌 답을 얻게 될 거야. 아니면 그 답이 두려워?

크리스 난 그 답변이 두렵지 않아. 난 그 답을 알고 있어. 하지
        만 어머니가 편찮으시고 그래서 지금 여기서 싸우고
        싶지는 않아.

조지   네 아버지에게 가게 해 줘.

크리스 여기서 싸움을 시작해선 안 돼.

조지   (앤에게) 넌 대체 뭘 더 바라니! (집 안에서 발소리가 들
          린다.)

앤   (갑자기 고개를 집 쪽으로 돌린다) 누군가 오고 있어.

크리스   (조지에게, 조용히) 지금은 아무 말도 하지 마.

앤   오빠는 금방 갈 거야. 내가 택시를 부를게.

조지   넌 나랑 함께 가는 거야.

앤   그리고 결혼 이야기는 하지 마. 왜냐하면 우린 아주머
          니에게 아직 말씀드리지 않았어.

조지   넌 나랑 같이 가는 거다.

앤   오빠 알겠어? 그만두라고…… 오빠, 지금은 아무것도
          시작하지 마! (그녀는 발소리를 듣는다.) 쉬잇! (어머니
          가 포치에 등장한다. 거의 정장 차림이다. 머리는 손질이 되
          어 있다. 모두 그녀를 향해 돌아선다. 조지를 보자 그녀는
          두 손을 들고 그에게 내려온다.)

어머니   조지, 조지야.

조지   (그는 언제나 그녀를 좋아했다.) 안녕하세요, 케이트 아주
          머니.

어머니   (두 손으로 조지의 얼굴을 감싼다) 그들이 널 늦게 했구
          나. (그의 머리카락을 만진다.) 이런, 머리가 다 새었네.

조지   (솔직하고 태연한 케이트의 연민이 가슴에 와 닿는다. 그래
          서 슬픈 듯이 미소 짓는다.) 알아요, 전…….

어머니   네가 떠날 때, 내가 말했지, 너무 애쓰지는 말라고.

조지   (웃는다. 지쳐 보인다.) 전 그러려고 하지 않았어요, 케
          이트 아주머니. 다들 절 편하게 해 줬어요.

어머니 (실제로 화를 내며) 쓸데없는 소리 그만해라. 너희 모두 똑같아. (앤에게) 네 오빠를 좀 보렴. 왜 잘 지낸다고 말했니? 저 애는 꼭 유령 같아 보여.

조지 (그녀의 염려를 반가워하며) 전 괜찮아요.

어머니 널 보니 내 마음이 괴롭구나. 네 어머닌 어떻게 되신 거냐. 왜 널 제대로 먹이지 않았니?

앤 오빤 식욕이 전혀 없어요.

어머니 만약 저 애가 내 집에서 식사를 했더라면, 식욕이 있었을 텐데. (앤에게) 네 남편 될 사람이 불쌍하구나! (조지에게) 앉으렴. 내가 샌드위치를 만들어 주마.

조지 (난처해서 웃으며 앉는다.) 전 정말 배 안 고파요.

어머니 진짜로 모든 애들에게 일어나는 일들을 보면 통탄하게 되는구나. 우리가 너희를 위해서 어떻게 일하고 계획을 했기에 너희가 결국 우리보다 나아진 게 없게 된 건지.

조지 (그녀에게 깊이 감동해서) 아주머니…… 아주머닌 전혀 변하지 않으셨어요. 아세요, 케이트 아주머니?

어머니 우리들 중 누구도 변치 않았다, 조지야. 우린 모두 널 사랑한단다. 남편은 방금 네가 태어나던 날 물이 나오지 않았던 일을 이야기했단다. 사람들이 한 블록 떨어진 곳에서 양동이로 물을 날랐지……. 밖에서 보면 이 동네 전체에 불이 났다고 생각했을 거야! (함께 웃는다. 그녀는 주스를 본다. 앤에게 말한다.) 왜 오빠에게 주스를 주지 않았니?

앤　　　　(방어적으로) 오빠한테 권했어요.

어머니　　(냉소적으로) 오빠한테 권했다고! (유리잔을 조지 손에
　　　　　내밀며) 애에게 주스를 줘! (웃고 있는 조지에게) 그리
　　　　　고 넌 이제 여기 앉아 주스를 마시는 거야……. 그래
　　　　　야 좀 나아 보이지!

조지　　　(앉으면서) 케이트 아주머니, 벌써 배가 고파졌어요.

크리스　　(자랑스럽게) 어머닌 마하트마 간디도 헤비급으로 바
　　　　　꿀 수 있을 거야!

어머니　　(크리스에게, 아주 힘차게) 내 말 좀 들어보렴. 레스토랑
　　　　　가는 건 그만두자! 냉장고에 햄이 있고, 냉동 딸기, 그
　　　　　리고 아보카도에 또…….

앤　　　　굉장하군요. 제가 도와 드릴게요!

조지　　　앤, 기차는 8시 반에 떠나.

어머니　　(앤에게) 너 갈 거니?

크리스　　아니요, 어머니, 앤은 안…….

앤　　　　(크리스가 말하는 틈에, 조지에게로 가면서) 오빠 온 지
　　　　　얼마나 됐다고 그래. 다시 가까워질 수 있는 기회를
　　　　　가져 봐.

크리스　　물론이야, 넌 더 이상 우리를 아는 사람이 아닌 것처
　　　　　럼 굴고 있어.

어머니　　글쎄, 크리스, 애들이 머물 수가 없다고 하면, 그러지
　　　　　마라…….

크리스　　아니에요, 이건 그저 조지의 문제예요. 어머니, 조지
　　　　　가 계획했던…….

조지   (공손하게, 상냥하게, 일어선다. 케이트를 위해서) 잠깐 기
       다려, 크리스…….

크리스 (미소 지으며, 완전히 명령조로, 조지의 말을 자르며) 만약
       가고 싶다고 하면 내가 지금 널 역까지 태워다 줄게.
       그렇지만 머물 거라면 여기 있는 동안 말싸움은 그만
       두자.

어머니 (마침내 긴장감을 인정하며) 왜 조지가 말싸움을 해야
       한단 거니? (그녀는 조지에게로 간다. 그리고 절망과 연민
       의 감정에 가득 차, 그의 머리를 쓰다듬는다.) 조지와 우리
       는 서로 말싸움할 게 없어. 어떻게 우리가 싸울 수 있
       겠니, 조지? 우린 다 같은 번개를 맞은 건데, 어떻게
       네가……? 조지, 래리의 나무에 무슨 일이 일어났는
       지 봤니? (그녀는 조지의 팔을 잡은 채다. 그리고 조지는
       내키지 않는 모습으로 케이트와 함께 무대를 가로지른다.)
       상상이 가니? 한밤중에 내가 그 애 꿈을 꾸는 동안, 바
       람이 불었지, 그리고……. (리디아가 포치에 등장한다.
       조지를 보고는 갑자기.)

리디아 얘, 조지! 조지! 조지! 조지! 조지! (조지에게로 내려간
       다. 열렬하게. 손에는 꽃 장식이 된 모자를 들고 있는데 그
       녀가 조지에게 갈 때 케이트가 그 모자를 받아 든다.)

조지   (두 사람 열렬히 악수한다. 따뜻하게) 잘 있었니, 잘 웃는
       아가씨. 무슨 일을 하니, 어른이 된 거야?

리디아 나도 이제 다 큰 어른이라고.

어머니 (리디아에게서 모자를 받으며) 리디아가 이 모자를 어떻

게 꾸몄는지 봐라!

앤　　　(리디아에게, 모자에 감탄하면서) 네가 저 모자를 만들었니?

어머니　십 분 만에 했지! (그녀는 모자를 쓴다.)

리디아　(어머니 머리에 모자를 고정시켜 주면서) 그냥 모자를 다시 꾸민 것뿐이야.

조지　　넌 아직도 네 옷을 만들어 입니?

크리스　(어머니에 대해서) 세련돼 보이지? 러시아산 늑대 사냥개만 있으면 완벽하겠는데.

어머니　(머리를 왼편에서 오른편으로 움직이며) 누군가 내 머리 위에 앉아 있는 것같이 느껴지는구나.

앤　　　아니에요, 아주 예뻐요, 케이트 아주머니.

어머니　(리디아에게 키스한다. 조지에게 말한다.) 이 아인 천재란다! 넌 이 아이와 결혼했어야만 했는데. (함께 웃는다.) 이 아인 널 잘 먹여 줄 수 있었을 텐데!

리디아　(이상할 정도로 난처해하면서) 아이, 그만하세요, 케이트 아주머니.

조지　　(리디아에게) 아기가 있다고 들었던 것 같은데?

어머니　넌 소식을 잘 모르고 있었구나. 리디아는 애가 셋이란다.

조지　　(그 말에 조금 마음이 상해서 리디아에게) 농담이겠지, 셋이나?

리디아　그래, 하나, 둘, 셋이야……. 조지, 넌 오랫동안 떠나 있었어.

조지   나도 그걸 깨닫기 시작하고 있어.

어머니   (크리스와 조지에게) 너희들의 문제는 생각이 너무 많다
         는 거야.

리디아   글쎄요, 저희도 생각을 하는걸요.

어머니   그래, 그렇지만 항상 그렇지는 않지.

조지   (거의 눈에 띄게 질투심을 드러내며) 프랭크는 안 데려갔
         지, 응?

리디아   (조금은 변명조로) 그래, 프랭크는 언제나 징집 연령보
         다 한 살 많았어.

어머니   놀라운 일이지. 징집 연령이 스물일곱일 때는 프랭크
         가 막 스물여덟이었고, 징집 연령이 스물여덟일 때는
         프랭크는 막 스물아홉이었으니까. 그게 그 애가 별자
         리 점을 연구하기 시작한 이유야. 사람이 태어날 때
         모든 것이 정해져 있어서, 별자리 점은 그것을 그냥
         보여 줄 뿐이라는 거지.

크리스   별자리 점이 뭘 보여 준다고요?

어머니   (크리스에게) 너무 잘난 척하지 마라. 어떤 미신들은
         정말 대단하단다! (리디아에게) 프랭크가 래리의 별자
         리 점을 다 끝냈니?

리디아   지금 물어볼게요, 지금 들어가니까요. (조지에게, 조금
         슬프게, 거의 당황해서) 우리 애들을 보지 않겠니? 자,
         가자.

조지   여기 있을래, 리디아.

리디아   (이해하며) 그래, 조지, 행운을 빌어.

조지　고마워, 그리고 너도…… 그리고 프랭크도. (그녀는 조지에게 미소 짓고는 돌아서서 오른쪽 자기 집으로 간다. 조지는 그녀의 뒤를 응시하며 서 있다.)

리디아　(뛰어가면서) 저기, 프랭크!

어머니　(그의 생각을 읽으며) 예뻐졌지, 그렇지?

조지　(슬프게) 아주 예뻐요.

어머니　(질책하듯) 그야 저 애는 예쁘지, 이 바보 같은 녀석!

조지　(그리워하듯 주위를 둘러본다. 그리고 목이 메어 나직하게) 리디아는 이 주변을 아주 근사하게 만들었군요.

어머니　(그를 향해 손가락을 흔들며) 네가 내 말을 듣지 않았기 때문에 무슨 일이 일어났는지 좀 보렴! 내가 말했지, 저 애와 결혼해서 전쟁에 나가지 말라고!

조지　(자조하며) 리디아는 너무 많이 웃었죠.

어머니　그리고 넌 너무 웃지 않았지. 네가 파시즘이다 뭐다 하고 있을 때 프랭크는 리디아 침대로 들어갔단다.

조지　(크리스에게) 그가 전쟁에서 승리했지, 프랭크가 말이야.

크리스　모든 전쟁에서.

어머니　(이런 분위기를 계속 유지하면서) 징집을 시작하던 그날, 조지, 네가 저 애를 사랑하고 있다고 내가 말했잖니.

크리스　(웃는다.) 그리고 어떤 남자도 그보다 더 진실한 사랑은 품어 본 적 없겠지!

어머니　난 너희들 누구보다도 지혜롭다.

조지　(웃으며) 아주머닌 훌륭하세요!

어머니　자, 이젠 내 말을 들어라, 조지. 너희들은 멋진 원칙을 가졌다. 너희 셋 다 최상위 보이 스카우트인 이글 스카우트였지. 그런데 이제 내게는 나무 한 그루와 상황이 나빠지면 제 발로 설 수 없는 아이만 남았어. (크리스를 가리킨다.) 그런데 저 옆집의 앤디 검프* 만화만 보는 덩치 큰 멍청이는 아이가 셋에 집 대출금도 다 갚았지. (리디아의 집을 가리킨다.) 철학자 노릇은 그만두고 너 자신을 돌봐라. 남편이 방금 말한 것처럼…… 이리로 옮겨 오면 그 사람이 너를 챙겨 줄 거야. 그리고 난 네게 여자를 찾아 줘서 네 얼굴에 미소를 짓게 해 주마.

조지   조 아저씨가요? 아저씨가 제가 여기 있길 원하세요?

앤   (간절히) 아저씨가 오빠에게 전해 달라고 내게 부탁하셨어. 그리고 나도 좋은 생각인 것 같아.

어머니 그렇고말고. 왜 네가 우릴 미워한다고 자기에게 믿게 하는 거니? 그것도 또 다른 원칙인가? 네가 우릴 미워해야만 한다는 게? 넌 우릴 미워하지 않아, 조지. 나는 너를 안다. 너는 나를 속일 수가 없지. 내가 네 기저귀를 채워 주었는데. (갑자기 앤에게) 미스터 마시의 딸 기억하니?

앤   (웃으면서, 조지에게) 오빠 벌써 아주머니에게 걸려들었어! (조지 웃는다. 고양되어 있다.)

어머니 딱 보기만 해도, 조지. 너는 알게 될 거다. 그 애가 제일

---

* The Gump. 1910년~1920년대를 풍미한 미국의 인기 만화.

예쁜…….

크리스 그 여자는 사마귀가 있어, 조지.

어머니 (크리스에게) 사마귀라니! (조지에게) 턱에 아주 작고
　　　 예쁜 점이 있지…….

크리스 그리고 코에도 두 개가 있어.

어머니 기억해 둬. 그 아이 아버지는 은퇴한 경감이란다.

크리스 경사야, 조지.

어머니 매우 친절한 분이지!

크리스 고릴라처럼 생겼어.

어머니 (조지에게) 그분은 누구에게도 총을 쏜 적이 없단다.
　　　 (모두 웃음을 터뜨린다. 그때 켈러가 문간에 나타난다. 조
　　　 지, 갑자기 일어나서 켈러를 바라본다. 켈러, 조지를 향해
　　　 급히 내려온다.)

켈러 　(웃음을 그친다. 억지로 쾌활하게 말한다.) 이야! 여기 있
　　　 는 게 누구야! (손을 뻗으며) 조지, 만나서 반갑다.

조지 　(악수한다. 우울하게.) 안녕하세요, 조 아저씨?

켈러 　그저 그렇단다. 늙어 갈 뿐이지. 우리랑 나가서 식사
　　　 할래?

조지 　아뇨. 뉴욕에 돌아가야만 해요.

앤 　　제가 택시를 부를게요. (집 안으로 올라간다.)

켈러 　머물 수가 없다니 유감이구나, 조지. 앉아라. (어머니
　　　 를 향해) 좋아 보이는군.

어머니 아주 엉망으로 보여요.

켈러 　내 말이 바로 그거다. 너 아주 엉망으로 보이는구나.

(다들 웃는다.) 내 주장을 하면 아내가 날 때리지.

조지   역에서 오는 길에 아저씨 공장을 봤어요. 제너럴모터스 같아 보이던데요.

켈러   나도 제너럴모터스 같은 대기업이었으면 좋겠다만, 그렇지는 못 해. 앉아, 조지, 앉아라. (주머니에서 시가를 꺼낸다.) 그래, 마침내 아버지를 뵈러 갔다고 들었는데?

조지   네, 오늘 아침에요. 요즈음은 어떤 종류의 제품들을 생산하세요?

켈러   아, 온갖 것을 조금씩 만들지. 압력 조리 기구에, 세탁기에 들어가는 조립품 같은 거야. 이제는 근사하고 융통성 있는 공장이지. 그래 아버진 어떠시니? 괜찮으시더냐?

조지   (켈러를 유심히 살피면서, 주저하며 말한다.) 아뇨, 좋지 않으세요. 조 아저씨.

켈러   (시가에 불을 붙이며) 또 심장이 문제인 건 아니지, 그렇지?

조지   가장 소중한 것이 안 좋아요, 아저씨. 아버지의 영혼 말이에요.

켈러   (연기를 내뿜으며) 어흠…….

크리스   너희 집을 어떻게 해 놓았는지 보러 가지 않을래?

켈러   그냥 내버려 둬라.

조지   (크리스에게, 켈러를 가리키며) 아저씨와 이야기하고 싶어.

켈러 　물론이지. 여기 방금 왔는데 말이다. 그게 사람들이
　　　 처신하는 방식이란다, 조지. 소심한 사람이 잘못을 저
　　　 지르면 쉽게 목을 매달지. 그런데 배포 있는 사람들은
　　　 대사가 되는 거야. 난 네가 아버질 만나러 간다는 걸
　　　 내게 말해 줬으면 했단다.

조지 　(켈러를 유심히 살피면서) 아저씨께서 관심이 있으신
　　　 줄은 몰랐어요.

켈러 　어느 정도는 내게도 관심이 있어. 나는 네 아버지가
　　　 아셨으면 한다, 조지, 나와 관련이 있는 한 그가 원하
　　　 면 어느 때라도 내게서 일자리를 구할 수 있다는 것
　　　 말이다. 네 아버지가 그걸 알았으면 해.

조지 　아버진 아저씨의 배포를 싫어하세요, 아저씨. 모르
　　　 세요?

켈러 　나도 짐작은 했다. 허지만 그것 역시 변할 수 있어.

어머니 스티브는 결코 그러지 못해요.

조지 　아버진 지금도 그러세요. 아버진 전쟁 중에 돈 번 사
　　　 람은 모두 잡아다가 벽에 세워놓고 총살시키고 싶어
　　　 하세요.

켈러 　총알이 많이 필요하겠는데.

조지 　그러니 총알이 하나도 없는 편이 낫겠죠.

켈러 　그 말을 들으니 슬프구나.

조지 　(반감을 드러내며) 왜요? 아버지가 아저씨를 어떻게 생
　　　 각하길 기대하셨는데요?

켈러 　(성질이 치밀어 오르지만, 자제하면서) 네 아버지가 변하

108

지 않은 걸 보니 슬프다. 내가 그 친구를 알고 지낸 이
십오 년 동안, 그는 책임지는 법을 절대로 배우지 못
했어. 너도 그거 알잖니, 조지.

조지 (알고 있다.) 글쎄요, 저는…….

켈러 그렇지만 넌 이미 알아. 네가 여기 온 상태를 보아하
니 그걸 기억하고 있는 것 같지 않기 때문이다. 우리
가 플러드 가에서 공장을 운영하던 1937년의 일 같은
걸 말이야. 네 아버지는 이틀 동안이나 물을 안 넣고
히터가 돌아가게 놔두어서 우리 모두를 거의 폭발시
킬 뻔했지. 그게 자기 잘못이라는 걸 인정하지도 않았
어. 나는 기능공 한 사람을 해고해야만 했다. 네 아버
지 체면을 살리려고. 너도 기억하지.

조지 네, 하지만…….

켈러 난 그냥 언급하는 것뿐이다, 조지. 왜냐하면 이 일도
그저 많은 일들 중 하나일 뿐이니까. 프랭크에게 석유
주식에 투자하라고 그 돈을 줬던 때처럼 말이다.

조지 (고뇌에 시달리며) 저도 그건 알아요, 저는…….

켈러 (몰아붙이면서도, 자제하면서) 그런데 이런 일들을 기
억하는 건 도움이 된단다, 얘야. 주식이 떨어지자 프
랭크를 저주하던 네 아버지 태도 말이다. 그게 프랭크
잘못이니? 네 아버지 말은 들어 보면 프랭크는 사기
꾼이었지. 그리고 프랭크가 한 일이라고는 네 아버지
에게 잘못된 조언을 한 것뿐이었어.

조지 (일어나서, 움직인다.) 저도 그 일들은 알아요…….

켈러 그렇다면 그 일들을 기억하거라, 그것들을 기억해. (앤, 집에서 나온다.) 세상에는 자신들이 책임을 지기보다는 차라리 모든 사람들이 교수형 당하는 것을 보려는 사람들이 있다. 너 내 말 이해하지, 조지? (조지가 그를 심판하려고 하는 가운데, 그들은 서로 마주 보며 서 있다.)

앤 (무대 앞쪽으로 오면서) 택시가 오는 중이야. 씻지 않을래?

어머니 (억지로 희망을 가져 보면서) 왜 꼭 가야 하니? 즐거운 밤을 보내자꾸나, 조지.

켈러 물론이지, 우리와 함께 식사하는 거다!

앤 그렇게 하는 게 어때. 안 될 게 뭐 있어? 우리 호숫가에 가서 식사하자. 아주 멋진 시간을 보낼 수 있을 거야.

조지 (오래 침묵한다. 앤을 쳐다보고, 크리스, 켈러를 쳐다보고 다시 앤을 쳐다보면서) 그래.

어머니 이제야 제대로 말을 하는구나.

크리스 네 양복에 꼭 맞는 셔츠가 내게 있어.

어머니 사이즈 15 반이지, 맞지, 조지?

조지 리디아는……? 제 말은…… 프랭크와 리디아도 함께 가나요?

어머니 내가 네 상대를 구해 줄게. 리디아가 무색할……. (무대 안쪽으로 걸음을 옮기기 시작한다.)

조지 (웃는다.) 아니에요, 전 데이트를 원하는 게 아니에요.

크리스 너한테 꼭 맞는 사람은 내가 알지! 샬럿 태너! (집을 향해 걸음을 옮긴다.)

켈러   그래, 맞아, 샬럿에게 전화해 봐라.

어머니   물론이죠, 그 애한테 전화해. (크리스, 집 안으로 들어
        간다.)

앤   오빠도 올라가서 셔츠와 넥타이를 골라 봐.

조지   (걸음을 멈추고, 사람들과 장소를 둘러본다.) 저는 이곳 말
        고는 어디서도 마음이 편하지 않았어요. 제 기분은 아
        주……. (거의 웃는다. 그리고 그들로부터 돌아선다.) 케
        이트 아주머니, 아주머닌 아주 젊어 보이세요, 아시나
        요? 아주머닌 전혀 변하지 않으셨어요. 그게…… 옛
        날 생각이 나게 하네요. (켈러에게 돌아선다.) 조 아저
        씨, 아저씨도 그래요. 아저씬 놀랄 만큼 똑같아요. 이
        곳의 분위기도 그렇고요.

켈러   봐라, 나는 아플 시간이 없단다.

어머니   이 사람은 십오 년 동안 아파서 누운 적이 없었어.

켈러   전쟁 중에 독감 앓은 것을 빼고는.

어머니   네?

켈러   내가 앓은 독감 말이요, 내가 아팠을 때…… 전쟁 중에.

어머니   아, 그래요……. (조지에게) 그 독감은 빼고 말이야.
        (조지, 꼼짝도 하지 않고 서 있다.) 글쎄 내가 깜빡했네.
        그런 눈으로 보지 마라. 이이는 공장에 나가고 싶어
        했지만 침대에서 몸을 일으킬 수가 없었어. 난 이 사
        람이 폐렴에 걸린 줄 알았단다.

조지   왜 그렇게 말씀하셨어요. 아저씨가 결코 아픈 적이 없
        다고……?

켈러   네가 무슨 생각하는지 안다, 얘야. 나는 자신을 결코
        용서하지 못할 거야. 내가 그날 나갈 수만 있었다면,
        네 아버지가 그 실린더 헤드에 절대 손대지 못하게 했
        을 텐데.

조지   아주머닌 아저씨가 결코 아픈 적이 없다고 했어요.

어머니 난 이 사람이 아팠다고 말했다, 조지.

조지   (앤에게 가면서) 앤, 아주머니께서 하신 말씀을 못 들
        었니⋯⋯?

어머니 너는 네가 아팠던 때를 모두 기억하니?

조지   폐렴은 기억할 거라고요. 특히 그날 내 동업자가 실린
        더 헤드를 수선하려고 한 날 만일 제가 폐렴에 걸렸다
        면요⋯⋯. 그날 무슨 일이 있었던 건가요, 조 아저씨?

프랭크 (진입로에서 기운차게 등장한다. 손에는 래리의 별자리
        점 표를 들고. 케이트에게로 간다.) 케이트 아주머니! 케
        이트 아주머니!

어머니 프랭크, 조지를 만났니?

프랭크 (손을 내밀며) 리디아가 말해 줬어요. 반가워요⋯⋯.
        실례할게요. (어머니를 오른쪽으로 데리고 가며) 케이트
        아주머니, 아주머니께서 아주 놀라실 만한 게 있어요.
        래리의 별자리 점을 마쳤어요.

어머니 너도 흥미 있을 거야, 조지. 프랭크가 세상을 보는 방
        식이 얼마나 놀라운지⋯⋯.

크리스 (집에서 등장하며) 조지, 샬럿이 전화를 받았는데⋯⋯.

어머니 (필사적으로) 래리의 별자리 점을 마쳤다는구나!

크리스   프랭크, 지금 말고 다른 때 할 수는 없었어?

프랭크   지금까지 살아온 위대한 사람들은 별자리를 믿었다고!

크리스   어머니 머릿속에 그런 쓰레기를 채워 넣지 마!

프랭크   우리들보다 더 위대한 힘의 존재를 느끼는 게 쓰레기라고? 나는 래리의 생명에 대한 별자리를 연구해 왔어! 말해 두지만, 나는 너랑 논쟁하진 않을 거야. 이 세상 어딘가에 네 동생이 살아 있어!

어머니   (곧바로 크리스에게) 왜 불가능하단 거니?

크리스   정신 나간 소리니까요.

프랭크   잠깐 기다려. 내가 한마디 해 주지. 듣고 나서 네 마음대로 하든가. 하지만 이것만은 말하게 해 줘. 래리는 11월 25일 사망한 걸로 추정되어 왔어. 그런데 11월 25일은 래리의 길일이었어.

크리스   어머니!

어머니   저 애 말을 들어 봐!

프랭크   그날은 모든 좋은 것들이 래리를 비추는 날이야. 결혼식 날이나 뭐 그런 거라고. 이런 걸 비웃을 순 있겠지. 비웃는 거 이해해. 그렇지만 자기 길일에 죽을 확률은 백만 분의 일이야. 다들 아는 사실이야, 다들 아는 사실이라고, 크리스!

어머니   왜 이게 불가능하다는 거니, 왜 안 되는 거냐고, 크리스!

조지   (앤에게) 아주머니가 하신 말씀이 무슨 소린지 모르겠어? 아주머니는 너더러 떠나라고 하시는 거야. 넌 대체 지금 뭘 기다리고 있니?

크리스   앤에게 떠나라고 할 수 있는 사람은 없어. (자동차 경적 소리가 들린다.)

어머니   (프랭크에게) 고맙다, 얘야, 수고해 줘서. 운전기사더러 기다려 달라고 말해 주겠니, 프랭크?

프랭크   (가면서) 물론이죠.

어머니   (큰 소리로 부르면서) 곧 나갈 거예요, 기사 양반!

크리스   앤은 떠나지 않아요, 어머니.

조지   너도 아주머니 말 들었지, 네 아버진 결코 아픈 적이 없었다고!

어머니   저 앤 날 오해하고 있어, 크리스! (크리스, 충격을 받은 듯, 어머니를 바라본다.)

조지   (앤에게) 아저씬 그냥 우리 아버지더러 조종사들을 죽이라고 말하고선 침대에서 이불을 뒤집어쓰고 있었던 거라고!

크리스   조지 말에 대답하는 게 좋겠어, 애니. 대답해.

어머니   네 가방을 싸 놓았다, 얘야…….

크리스   뭐라고요?

어머니   네 가방을 싸 놓았어. 넌 가방을 닫기만 하면 된다.

앤   전 아무것도 닫지 않아요. 크리스가 여기 오라고 했어요. 그리고 크리스가 가라고 할 때 까지는 여기 있을 거예요. (조지에게) 크리스가 내게 떠나라고 할 때까진!

크리스   이걸로 끝이야! 이제 여기서 나가 줘, 조지

어머니   (크리스에게) 하지만 만일 조지가 그렇게 느낀다면…….

114

크리스 이걸로 끝이에요. 예수님 재림 때까지 이제 더는 아무 일도 없다고요. 제가 여기 있는 한, 그 사건에 대해서 든 래리에 대해서든 말이에요! (조지에게) 이제 여기 서 나가 줘, 조지!

조지 (앤에게) 네 입으로 말해. 나한테 네가 직접 말하는 게 듣고 싶어.

앤 가 줘, 오빠! (둘 다 차량 진입로 쪽으로 사라진다. 앤은 "그런 식으로 받아들이지 마, 오빠! 제발 그런 식으로 받아 들이지 말라고."라고 말한다.)

(크리스, 자기 어머니에게 돌아선다.)

크리스 무슨 말씀이세요, 앤 가방을 싸 놓았다니? 어머니가 어떻게 그 애 가방을 싸실 수 있죠?

어머니 크리스…….

크리스 어떻게 그 애 가방을 싸실 수가 있어요?

어머니 그 애는 여기 속해 있지 않아.

크리스 그렇다면 저도 여기 속해 있지 않아요.

어머니 앤은 래리 여자야.

크리스 그리고 저는 래리의 형이고, 또 래리는 죽었어요. 그 래서 저는 래리의 여자와 결혼하려고 해요.

어머니 절대로, 절대로, 이 세상에 그런 일은 있을 수 없어!

켈러 당신 정신이 나갔소?

어머니 당신이 무슨 할 말이 있어요!

켈러   (잔인하게) 할 말이야 아주 많지. 삼 년 반 동안이나 당
        신은 꼭 미친 사람처럼 말해 왔어…….

어머니 (켈러의 얼굴을 세게 때린다.) 없어요. 당신은 아무런 할
        말도 없어. 이제 내가 말하겠어요. 그 애는 돌아올 거
        야, 그러니 모두들 기다려야만 한다고.

크리스 어머니, 어머니…….

어머니 기다려라, 기다려.

크리스 얼마나요? 얼마나 오래요?

어머니 (거침없이) 그 애가 올 때까지, 그 애가 올 때까지 언제
        까지라도!

크리스 (최후통첩으로) 어머니, 전 이 일을 추진하겠어요.

어머니 크리스, 난 지금까지 너에게 안 된다고 한 적이 없었
        지만, 이번만큼은 안 돼!

크리스 제가 이 일을 하기 전까지 어머니는 결코 래리를 놓아
        주지 않으실 거예요.

어머니 난 절대로 그 애 생각을 그만두지 않아. 그리고 너도
        절대로 그 애 생각을 그만두지 않을 거야……!

크리스 저는 떠나보냈어요. 보내 버렸다고요, 오래전에…….

어머니 (힘을 빼지 않은 채, 그러나 크리스에게서 돌아서며) 그렇
        다면 네 아버지도 보내 버리거라. (말을 멈춘다. 크리스,
        꼼짝 않고 서 있다.)

켈러   네 어머닌 제정신이 아니다.

어머니 모두 다 보내 버리라지! (크리스에게, 그러나 그들을 쳐
        다보지 않고서) 얘야, 네 동생은 살아 있어. 왜냐하면

그 애가 죽었다면 네 아버지가 죽인 게 되기 때문이야. 이제 날 이해하겠니? 네가 살아 있는 한 그 애도 살아 있어. 하느님께서는 아들이 제 아버지 손에 죽도록 내버려 두시지 않는단다. 이제 알겠지, 안 그래? 알겠지. (감정을 억제할 수 없어, 급히 집 안으로 들어간다.)

켈러   (크리스, 움직이지 않는다. 켈러 넌지시, 질문하듯 말한다.) 네 어머니는 제정신이 아니야.

크리스   (끊어질 듯 낮은 소리로) 그럼…… 아버지가 그 일을 하셨어요?

켈러   (애원하는 기색이 묻어나기 시작하는 목소리로) 래리는 결코 P-40기를 몰지 않았어…….

크리스   (충격을 받고서, 격렬하게) 하지만 다른 조종사들이 몰았지요.

켈러   (집요하게) 저 사람은 정신이 나갔다고. (크리스를 향해 한 걸음 다가간다. 애원하듯이.)

크리스   (굽히지 않은 채) 아버지…… 아버지가 하셨죠?

켈러   래리는 결코 P-40기를 몰지 않았어. 도대체 너 왜 그러니?

크리스   (계속 물으면서 말한다.) 그러면 아버지가 그 일을 하셨군요. 다른 조종사들에게요.

(두 사람 다 목소리를 낮춘다.)

켈러   (그를 두려워하며, 맹렬히 고집스럽게) 대체 왜 그러니?

대관절 그게 너랑 무슨 상관이란 말이냐?

크리스   (조용히, 믿기지 않는다는 듯이) 어떻게 아버지가 그런 짓을 하실 수 있었죠? 어떻게요?

켈러   그게 너하고 무슨 상관이냐고!

크리스   아버지…… 아버지께선 스물한 명의 젊은이를 죽인 거예요!

켈러   뭐라고, 죽였다고?

크리스   아버지께서 그들을 죽였다고요, 그들을 살해했어요.

켈러   (마치 그의 본성 전부를 크리스 앞에 열어 보이듯이) 어떻게 내가 누굴 죽일 수 있겠니?

크리스   아버지! 아버지!

켈러   (입 다물게 하려고 애쓰면서) 나는 아무도 죽이지 않았다!

크리스   그러면 제게 설명해 보세요. 아버지는 대체 무슨 일을 하신 거죠? 설명해 보시라고요. 안 그러면 제가 아버지를 산산조각 낼 테니까!

켈러   (압도적인 분노에 공포를 느끼며) 그러지 마라, 크리스, 그러지 마…….

크리스   저는 아버지가 무슨 일을 하신 건지 알고 싶어요. 자, 무슨 일을 하신 거예요? 아버지는 120개의 금 간 엔진 헤드를 갖고 계셨죠. 그런데 무슨 짓을 하신 거예요?

켈러   만약에 네가 날 교수형에 처하려고 한다면, 그러면 나는…….

크리스   듣고 있어요. 하느님 아버지, 제가 듣고 있다고요!

켈러   (둘은 미묘한 추격과 도피를 한다. 켈러는 말할 때 크리스의 손이 닿지 않도록 한 걸음 떨어진다.) 너는 어린애였다. 내가 뭘 할 수 있었겠니! 형편이 좋아지던 참이었어. 사업을 재개했단 말이다. 120개에 금이 가면 사업은 파산이야. 제조 공정을 갖고 있는데 그 공정이 안 돌아가면 폐업을 하게 되는 거야. 어떻게 조작하는지도 모르지, 생산품은 쓸모없지. 그들이 폐업을 시키고 계약서를 찢어 버리겠지. 계약서가 그들에게 무슨 상관이겠니? 사십 년이나 키워 온 사업을 그들은 오 분이면 망쳐 버리지. 내가 뭘 할 수 있었겠니. 그들이 사십 년을 가져가도록, 내 목숨을 가져가도록 내버려 두는 것 말고는. (갈라진 목소리로) 나는 절대로 그들이 그걸 사용할 거라고 생각도 못 했다. 하느님께 맹세하지. 누군가 이륙하기 전에 저지할 거라고 생각했어.

크리스 그럼 왜 그것들을 선적하셨어요?

켈러 그들이 하자를 발견하게 될 때면 난 다시 제조 공정을 작동시키고, 그러면 난 그들에게 내가 필요하다는 것을 보여 줄 수 있게 되고, 그렇게 되면 그들은 그 일을 그냥 지나칠 것으로 생각했다. 그런데 몇 주일이 지났어도 아무런 반응이 없었어. 그래서 난 그들에게 말하려고 했다.

크리스 그러면 왜 그들에게 말하지 않았어요?

켈러 너무 늦어 버렸어. 신문에, 신문 1면이 온통 스물한 대가 추락했다는 기사로 뒤덮였지. 그땐 너무 늦어 버렸다. 그들이 수갑을 들고 공장으로 왔어. 내가 무엇

을 할 수 있었겠니? (무대 중앙의 벤치에 앉는다.) 크리
스…… 크리스, 난 널 위해서 그렇게 했단다. 그건 기
회였고 난 널 위해서 그 기회를 잡은 거야. 내 나이 예
순하나에, 언제 또 다른 기회를 얻어 널 위해 뭔가 해
줄 수 있었겠니? 예순하나에 또 다른 기회를 얻을 순
없단다. 맞지?

크리스　아버지는 그것들이 공중에서 못 버틸 거라는 사실까
　　　　지 알고 계셨네요.

켈러　　그런 말은 하지 않았다…….

크리스　그렇지만 아버지는 그들에게 그걸 사용하지 말라고
　　　　경고하려 하셨어요…….

켈러　　그게 그런 의미는 아니야…….

크리스　그건 비행기가 추락할 거라는 걸 아버지가 아셨다는
　　　　뜻이죠.

켈러　　그런 의미는 아니라고.

크리스　그러면 비행기가 추락할 것이라고 생각하셨죠.

켈러　　유감스럽지만 아마도…….

크리스　유감스럽지만 아마도라니! 하늘에 계신 하느님, 도대
　　　　체 아버지는 어떻게 되어먹은 인간인가요? 젊은이들
　　　　이 그 실린더 헤드에 의지해서 공중에 떠 있었어요.
　　　　아버지는 그걸 알고 계셨다고요!

켈러　　널 위해서다, 너를 위한 사업이었으니까!

크리스　(타오르는 분노로) 저를 위해서라고요! 아버지는 어디
　　　　사시는 분이고, 어디서 오신 거죠? 저를 위해서! 저는

매일 같이 죽어 가고 있었고, 아버지는 제 친구들을 죽이고 있었는데 그런데 절 위해서 그 짓을 하신 거라고요? 아버지는 제가 그 빌어먹을 놈의 사업에 대해 무슨 생각을 하고 있는지 생각이라도 해 보셨어요? 아버지 마음의 눈으로 볼 때 그게 사업이에요? 세상에 그게 뭐냐고요, 사업이라고요? 절 위해서 그 일을 했다니 그게 무슨 소리예요? 아버지에겐 조국이 없어요? 아버지는 여기 사시는 분이 아닌가요? 대체 아버진 뭐예요? 아버지는 짐승조차도 아니에요. 그 어떤 짐승도 제 종족을 죽이지 않는데, 아버지는 뭐예요? 제가 아버지에게 뭘 어떻게 해야만 하죠? 아버지 입에서 그 혀를 뽑아내야만 하는데, 저는 뭘 어떻게 해야 해요? (주먹으로 아버지의 어깨를 사정없이 친다. 울면서 얼굴을 가리고 비틀거리며 떠난다.) 제가 뭘 해야만 합니까, 예수님, 하느님, 제가 뭘 해야만 하는 겁니까?

켈러 크리스…… 내 아들 크리스…….

막이 내린다.

3막

    다음 날 새벽 2시. 막이 오르자 생각에 몰두한 채로 흔들의 자에 앉아 끊임없이 끄덕이고 있는 어머니가 보인다. 몰두해 있으면서도 가벼운 흔들림이다. 2층 침실에서는 불빛이 보이고 아래층 창문들은 불이 꺼져 있다. 달빛은 선명하고 푸른빛을 비춘다.

    곧 재킷을 입고 모자를 쓴 짐이 등장하여 케이트를 보고는 그녀 곁으로 올라간다.

짐   새로운 일 있나요?

어머니 아무것도 없어.

짐   (부드럽게) 이렇게 밤새 앉아 계실 수는 없어요. 좀 주 무시러 가시면 어떨까요?

어머니   크리스를 기다리는 중이야. 내 걱정은 하지 마, 짐. 난
        정말로 괜찮으니까.

짐   그렇지만 거의 새벽 2시인데요.

어머니   잘 수가 없어. (잠시 침묵) 응급 환자가 있었니?

짐   (지쳐서) 누군가 두통이 있었는데, 자기가 곧 죽을 줄
        안 거예요. (잠시 침묵) 제 환자 중 절반은 완전히 미쳤
        어요. 얼마나 많은 사람들이 머리가 돈 채 돌아다니다
        코코넛 열매처럼 깨지는지 아무도 모를 거예요. 돈이
        문제죠. 돈, 돈, 돈, 돈 때문이에요. 아주머닌 그동안
        돈이 아무 의미가 없다고 하셨죠. (그녀는 미소 짓고, 소
        리 없이 웃는다.) 그런 일이 일어날 때 제가 얼마나 거
        기 있고 싶었는지!

어머니   (머리를 흔든다.) 너는 너무 어린애 같아, 짐! 가끔 정
        말로.

짐   (잠시 그녀를 쳐다본다.) 케이트 아주머니. (말을 멈춘
        다.) 무슨 일이 있었죠?

어머니   말했잖아. 크리스가 아버지와 언성을 높였어. 그러고
        나선 차를 타고 나가 버렸지.

짐   어떤 종류의 언쟁이었어요?

어머니   그냥 말싸움. 조는…… 어린애처럼 울더구나, 예전
        처럼.

짐   앤 문제로 다퉜나요?

어머니   (잠시 머뭇거린다.) 아니, 앤 때문은 아니야. 상상이 가
        니? (불 켜진 2층 창문을 가리키면서) 크리스가 나간 후

로 앤은 저 방에서 나오지 않고 있어. 밤새도록 저기 있구나.

짐 (창문을 쳐다본다. 그런 다음 케이트를 쳐다본다.) 아저씨가 뭘 하신 거예요. 크리스에게 말씀하신 거예요?

어머니 (의자 흔드는 것을 멈춘다.) 그 애한테 뭘 말해?

짐 무서워하지 마세요, 케이트 아주머니. 저는 알고 있어요. 전부터 쭉 알고 있었어요.

어머니 어떻게?

짐 아주 오래전에 그런 생각이 들었어요.

어머니 난 언제나 그 애 머리 한구석에서 크리스가…… 거의 알고 있다는 느낌을 받았지. 그게 그렇게 충격을 주리라고는 생각 못 했다.

짐 (일어난다.) 크리스는 그런 일을 마음에 묻고 살아가는 법을 결코 알지 못할 거예요. 그건 일종의 재능이 필요한 일이에요……. 거짓말을 하기 위해서는요. 아주머니께는 그런 재능이 있고, 제게도 있어요. 하지만 크리스는 아니에요.

어머니 무슨 소리지…… 그 애가 안 돌아올 거라는 뜻이니?

짐 아, 아니에요. 크리스는 돌아올 거예요. 우리 모두 돌아오게 마련이죠, 케이트 아주머니. 이런 개인적이고 사소한 혁명들은 항상 사라져 버리거든요. 언제나 타협이 이루어지고요. 특별한 방식으로 말이에요. 프랭크가 맞아요……. 누구나 별을 하나 갖고 있다는 거요. 자신의 정직함이라는 별을요. 우린 그걸 찾기 위해 인생을 다 써 버려요. 그런데 그 별은 일단 빛이 꺼지게 되면 다시는 빛을 발하지 않거든요. 저는 크리스가 아주 멀리 가지는 않았다고 생각해요. 아마 자신의 별빛이 사라지는 걸 보기 위해서 그저 혼자 있고 싶은 거겠죠.

어머니　그 애가 돌아오기만 한다면.

짐　전 크리스가 돌아오지 않았으면 해요, 케이트 아주머니. 일 년 동안 일을 그만두고 뉴올리언스에 가 있던 때가 있었어요. 두 달간 바나나와 우유로만 연명하면서 어떤 질병을 연구했죠. 진짜 좋았어요. 그런데 그때 아내가 찾아오더니만 우는 거예요. 그래서 아내와 함께 집으로 돌아왔어요. 지금 저는 일상의 어둠 속에서 살고 있어요. 저는 저 자신을 찾을 수가 없고요. 때로는 제가 어떤 종류의 사람이 되고 싶어 했는지조차 기억하기 힘들어요. 저는 좋은 남편이에요. 크리스는 착한 아들이고…… 돌아올 거예요. (실내용 가운을 입고 실내화를 신은 켈러가 포치로 나온다. 그는 무대 안쪽, 골목길 방향으로 간다. 짐이 그에게 다가간다.)

짐　크리스가 공원에 있을 것만 같군요. 제가 찾아보겠습니다. 아주머니를 주무시게 하세요, 조 아저씨. 이런 건 아주머니에게 좋지 않아요. (진입로 쪽으로 퇴장한다.)

켈러　(내려오면서) 저자는 뭘 바라는 거지?

어머니　친구가 집에 없잖아요.

켈러　(목소리가 쉬었다. 그녀에게로 간다) 난 저 사람이 너무 깊이 끼어드는 게 싫어.

어머니 너무 늦었어요, 여보. 저 사람은 알고 있어요.

켈러 (우려하며) 어떻게 알지?

어머니 아주 오래전부터 짐작하고 있었대요.

켈러 난 그게 싫어.

어머니 (위태롭게 웃으며, 조용히 말을 잇는다) 당신이 싫어하는
거라고요…….

켈러 그래, 내가 싫어하는 거라고.

어머니 이 사람에게는 허튼소리를 하실 수 없어요. 당신은 이
제 빈틈없이 구셔야 해요. 이 일은…… 이 일은 아직
끝나지 않았어요.

켈러 (위층의 불 켜진 창문을 가리키며) 그리고 앤은 저기서
대체 뭘 하는 거지? 방에서 나오질 않아.

어머니 나도 몰라요, 앤이 뭘 하고 있느냐고요? 앉으세요. 화
내지 말고요. 살고 싶지 않으세요? 당신 일에나 해결
을 보시는 게 좋을 거예요.

켈러 앤은 모르지, 그렇지?

어머니 그 애는 크리스가 여기서 뛰쳐나가는 것을 보았어요.
하나 더하기 하나 같은 거죠. 앤은 덧셈을 알고요.

켈러 어쩌면 내가 앤한테 말해야만 하지 않을까?

어머니 내게 묻지 마세요, 여보.

켈러 (거의 감정이 폭발하며) 그럼 내가 누구에게 물어야 하
지? 하지만 앤이 이 일에 대해서 뭔가 하리라고는 생
각하지 않아.

어머니   당신은 또다시 저에게 묻고 있어요.

켈러   당신에게 묻는 거야. 내가 누군가, 생판 남인가? 난 여
         기 가족이 있다고 생각했어. 내 가족은 대체 어디로 간
         거지?

어머니   당신에게는 가족이 있어요. 나는 그냥 더 생각할 기운
         이 없다는 걸 말하는 것뿐이에요.

켈러   기운이 없겠지. 걱정거리가 생기는 순간 당신은 기운
         이 없어져.

어머니   여보, 또 똑같은 짓을 하시는군요. 당신은 평생 걱정
         거리가 생길 때마다 나에게 고함을 치고 그걸로 문제
         를 해결했다고 생각했어요.

켈러   그러면 내가 뭘 해야 하지? 말해 봐, 말해 보라고, 내
         가 뭘 해야 하는지.

어머니   여보…… 나는 쭉 이런 생각을 했어요. 만약에 그 애
         가 돌아오면…….

켈러   무슨 소리야, 만약이라니? ……그 앤 돌아올 거야!

어머니   내 생각에는 당신이 그 애를 앉혀 놓고서 당신이……
         당신이 한 일에 대해서 설명하면 어떨까 해요. 당신이
         아주 끔찍한 일을 저질렀음을 자신도 알고 있다는 걸
         그 애에게 분명히 해 줘야만 한다는 뜻이에요. (조의
         눈을 외면한 채) 제 말은 그 애가 당신이 스스로 한 일
         에 대해서 깨닫고 있다는 걸 알게 되면. 아시겠어요?

켈러   그게 무슨 소용이 있는데?

어머니   (약간 두려워하며) 당신이 그 애에게 자기가 한 일에 대

한 대가를 치르고 싶어 한다는 걸 말해 줄 수 있다면 말이에요.

켈러 (깨닫고서…… 조용히) 내가 어떻게 대가를 치를 수 있는데?

어머니 그 애에게 말해 주세요……. 기꺼이 감옥에 가겠다고요. (침묵한다.)

켈러 (충격을 받고, 놀라서) 내가 기꺼이……?

어머니 (재빨리) 안 가게 될 거예요. 크리스가 당신 보고 가라고 하진 않을 거예요. 그러나 만일 당신이 그 애에게 가겠다고 말하면, 그 애가 당신이 대가를 치르려는 걸 느낄 수만 있다면, 아마도 그 앤 당신을 용서할 거예요.

켈러 그 애가 날 용서한다고! 뭐에 대해서?

어머니 여보, 내 말 뜻을 아시잖아요.

켈러 무슨 뜻인지 모르겠어! 당신은 돈을 원했고 그래서 나는 돈을 벌었지. 내가 무슨 용서를 받아야 하는데? 당신은 돈을 원했어, 그랬잖아?

어머니 나는 그런 돈을 원한 게 아니에요.

켈러 나 역시 그런 돈은 원하지 않았어! 당신이 원한 것과 뭐가 다르지? 크리스와 당신 둘 다 내가 망쳐 놓았군. 내가 내쫓겼던 것처럼 그 애도 열 살이 되었을 때 집 밖으로 내쫓아서, 자기 밥벌이를 시켰어야만 했어. 그랬으면 세상에서 1달러를 어떻게 벌어야 할지 알았겠지. 용서를 받으라고! 나 혼자선 하루에 25센트만으로도 충분했어. 하지만 내게는 가족이 있었고, 그래서 나는…….

어머니 여보, 여보……. 가족을 위해서 그 일을 했다는 게 이
유가 될 수는 없어요.

켈러 이유가 된다고!

어머니 그 애에겐 가족보다 더 중요한 뭔가가 있어요.

켈러 그보다 더 중요한 건 없어!

어머니 그 애한텐 있어요.

켈러 그 애가 할 수 있는 일 중 내가 용서하지 못할 일은 없
어. 왜냐하면 걔는 내 아들이니까. 내가 그 녀석 아버
지고, 걔는 내 아들이니까.

어머니 여보, 내 말은…….

켈러 그보다 더 중요한 건 없어. 당신이 그 애에게 말해, 알
겠어? 나는 자기 아버지고 자기는 내 아들이라고. 그
리고 그것보다 중요한 뭔가가 있다면 난 내 머리에 총
을 갈기겠다고!

어머니 그만두세요!

켈러 내 말 들었지. 이제 그 녀석에게 뭐라고 해야 할지 당
신도 알아. (말을 멈춘다. 그녀에게서 물러선다. 그러다가
걸음을 멈춘다.) 하지만 그 애가 날 버리지는 않을 거
야……. 그런 짓을 하지 않을 거라고…… 그렇지?

어머니 그 애는 당신을 사랑했어요, 여보. 당신은 그 애를 실
망시켰고요.

켈러 하지만 나를 버린다는 건…….

어머니 난 모르겠어요. 우리가 정말로 그 애에 대해 몰랐다는

생각이 들기 시작해요. 사람들은 크리스가 전쟁에서
굉장히 용감했다고 했어요. 여기서 그 앤 항상 생쥐를
겁냈고요. 나는 그 애에 대해 모르겠어요. 그 애가 무
슨 일을 할지 모르겠다고요.

켈러   제기랄, 만약에 래리가 살아 있었다면 이 따위로 행동
하지 않았을 텐데. 그 애는 세상이 어떻게 돌아가는
지를 알았지. 그 애는 내 말을 들었어. 래리에게 세상
은 전방 40피트 건축 제한선에서 딱 잘라 끝나는 거였
어. 그런데 이 녀석은, 모든 게 크리스를 괴롭혀. 계약
을 하고서 2센트만 더 요구하면 머리가 빠져 버리는
거야. 이 녀석은 돈을 몰라. 너무 쉽게, 돈이 너무 쉽게
들어왔지. 그랬어. 래리. 그 애가 우리의 잃어버린 아
들이야. 래리, 래리. (그녀 앞의 의자에 털썩 주저앉는다.)
여보, 나는 이제 어떻게 하면 좋지.

어머니   여보, 여보, 제발……. 당신은 괜찮을 거예요. 아무 일
도 생기지 않을 거예요…….

켈러   (절망적으로, 어찌할 바를 모른 채) 당신을 위해서, 여보,
당신과 크리스를 위해서였어. 그게 내 삶의 목적 전부
였어…….

어머니   알아요, 여보, 알고 있어요……. (앤, 집으로부터 등장한
다. 그들은 아무 말도 하지 않고, 앤이 말하기를 기다린다.)

앤   왜 밤을 새고 계세요? 크리스가 오면 알릴게요.

켈러   (일어나서, 앤에게로 간다.) 저녁도 안 먹었지, 그렇지?
(어머니에게) 왜 뭐 좀 만들어 주지 않소?

어머니 물론이죠, 내가……

앤 걱정 마세요. 케이트 아주머니, 전 괜찮아요. (서로 아무 말도 할 수 없다.) 두 분께 드릴 말씀이 있어요. (말을 꺼내다가 멈춘다.) 그 일에 대해 저는 아무것도 하지 않을 거예요……

어머니 앤은 좋은 애예요! (켈러에게) 보셨죠? 앤은……

앤 조 아저씨에 대해서는 아무 일도 하지 않을게요. 하지만 아주머니께서는 저를 위해서 뭔가 해 주셔야 해요. (똑바로 어머니를 향해) 아주머니는 크리스가 제게 죄책감을 느끼게 하셨어요. 원하셨건 아니건 아주머니는 제 앞에서 크리스를 무능하게 만드셨다고요. 아주머니가 크리스에게 래리는 죽었고 아주머니도 그걸 아신다고 말씀해 주셨으면 해요. 이해하시겠죠? 여기서 혼자 나가지 않겠어요. 그런 식으로는 제게도 삶이 없어져요. 저는 아주머니가 크리스를 자유롭게 놓아주시기를 바라요. 그러면 약속드리죠. 모든 게 끝날 거라고. 저희가 떠나고 나면 그걸로 끝이에요.

켈러 그렇게 할 거지. 크리스에게 말해 줄 거지.

앤 제가 뭘 부탁드리는 건지 알아요, 케이트 아주머니. 아주머니껜 아들이 둘이었어요. 하지만 지금은 한 명밖에 없어요.

켈러 당신이 그 애한테 말해……

앤 그리고 크리스가 아주머니의 말뜻을 알아듣도록 직접 말씀해 주셔야만 해요.

어머니   애야, 만약에 래리가 죽었다면 크리스에게 알리기 위
        해 굳이 내가 말할 필요도 없을 거다……. 크리스가
        네 침대로 가는 밤, 그 애 심장은 말라 버릴 거야. 그
        애도 알고 너도 알기 때문이지. 죽는 날까지 그 앤 자
        기 동생을 기다릴 거라고! 안 된다, 애야, 그건 있을
        수 없는 일이야. 너는 아침에 떠날 거야. 너 혼자서 말
        이야. 그게 네 인생이야. 네 외로운 인생이라고. (포치
        로 가서 집 안에 들어가려고 한다.)

앤   래리는 죽었어요, 케이트 아주머니.

어머니   (걸음을 멈춘다.) 말하지 마라.

앤   래리가 죽었다고 했어요. 저는 알아요! 래리는 11월
        25일 중국 해안에서 떨어진 곳에서 추락했다고요! 비
        행기 엔진이 고장 난 건 아니에요. 하지만 래리는 죽
        었어요. 저는 알아요…….

어머니   그 애가 어떻게 죽었다는 거니? 거짓말을 하는 거야.
        네가 안다면, 어떻게 죽은 거니?

앤   저는 래리를 사랑했어요. 아주머니도 제가 그이를 사
        랑한 것을 아시잖아요. 만일 제게 래리가 죽었다는 확
        신이 없었다면 어떻게 다른 사람을 쳐다보았겠어요?
        아주머니께는 그걸로 충분해요.

어머니   (앤을 향해 다가가며) 뭐가 내게 충분하다는 거냐? 무
        슨 말을 하고 있는 거니? (앤의 두 손목을 꽉 잡는다.)

앤   손목이 아파요.

어머니   무슨 말을 하는 거냐고! (말을 멈춘다. 앤을 한순간 응시

한 다음, 돌아서서 켈러에게 간다.)

앤   조 아저씨, 집으로 들어가세요…….

켈러   내가 왜…….

앤   제발 들어가세요.

켈러   크리스가 오면 알려 다오. (켈러, 집 안으로 들어간다.)

어머니 (앤이 주머니에서 편지를 꺼내는 것을 본다.) 그게 뭐니?

앤   앉으세요……. (케이트, 왼쪽 의자를 향해 간다. 그러나
        앉지 않는다.) 우선 아주머니도 이해해 주셔야 해요.
        제가 왔을 때, 저는 조 아저씨에 대해 아무 생각이 없
        었어요……. 저는 아저씨나 아주머니에 대해 악감
        정이 없어요. 저는 결혼하려고 왔어요. 기대도 했고
        요……. 그러니까 아주머니 마음을 상하게 하려고 이
        걸 가져온 게 아니에요. 아주머니 마음속에 래리 문제
        를 해결할 다른 방법이 없을 때만 이걸 보여 드리려고
        생각했어요.

어머니 래리 편지니? (앤의 손에서 편지를 잡아챈다.)

앤   그는 실행하기 직전 제게 이 편지를 썼어요……. (케이
        트, 편지를 펼쳐 읽기 시작한다.) 아주머니 마음을 상하
        게 하려던 건 아니에요. 아주머니가 저를 이렇게 만드
        신 거예요. 기억하세요. 그렇게…… 기억해 두시라고
        요. 저는 너무나 외로웠어요. 케이트 아주머니…… 또
        다시 여기를 혼자서 떠날 수는 없어요. (어머니가 편지
        를 읽는 동안 목에서 길고도 낮은 신음 소리가 난다.) 아주
        머니가 제게 이 편지를 보여 드리게 하신 거예요. 제

말을 믿지 않으셨으니까요. 제가 백 번은 말했는데, 왜 제 말을 믿으려 하지 않으셨어요?

어머니 오, 하느님⋯⋯.

앤 (연민과 두려움에 사로잡혀) 케이트 아주머니, 제발, 제발⋯⋯.

어머니 하느님, 하느님⋯⋯.

앤 케이트 아주머니, 정말 죄송해요⋯⋯. 정말 죄송해요. (차량 진입로에서 크리스, 등장한다. 지쳐 보인다.)

크리스 무슨 일이야⋯⋯?

앤 어디 있었어? ⋯⋯온통 땀투성이네. (어머니, 꼼짝하지 않는다.) 어디 있었던 거야?

크리스 그냥 한 바퀴 드라이브를 좀 했어. 나는 네가 가 버렸을 줄 알았는데.

앤 내가 어디로 가? 나는 갈 데가 없어.

크리스 (어머니에게) 아버지는 어디 계세요?

앤 안에 누워 계셔.

크리스 앉아요, 두 사람 모두. 할 말을 해야겠어요.

어머니 난 차 소릴 못 들었는데⋯⋯.

크리스 차고에 놓아두었어요.

어머니 짐이 널 찾으러 나갔단다.

크리스 어머니⋯⋯ 저는 떠날 겁니다. 클리블랜드에 몇 군데 회사가 있는데, 거기서 일자리를 구할 수 있을 거예요. 영원히 떠날 거라는 뜻이에요. (앤에게만 따로) 애니, 네가 무슨 생각 하는지 알아. 사실이야. 나는 겁쟁이야. 나는 이 집에서 겁쟁이가 되어 버렸어. 왜냐하면 아버지를 의심하면서도 아무 일도 하지 않았으니까. 그렇지만 내가 집에 돌아온 그날 밤, 지금 알고 있는 걸 내가 알았더라면, 아버지는 지금쯤 지방 검사실에 계실 거고, 그리고 내가 아버지를 거기로 데려갔겠지. 이제 아버지를 보고서 할 수 있는 일이라곤 우는 것뿐이야.

어머니 무슨 말을 하는 거냐? 다른 무슨 일을 네가 할 수 있겠니?

크리스 저는 아버지를 감옥에 집어넣을 수 있어요! 제가 좀 더 사람다웠다면 아버지를 감옥에 넣을 수 있을 거라고요. 하지만 저는 지금 다른 모든 사람들과 같아요. 이제는 현실을 따지게 된 거예요. 어머니가 절 현실적으로 만드셨어요.

어머니 하지만 너는 그렇게 되어야만 해.

크리스 뒷골목 고양이들은 현실적이에요. 우리가 싸울 때 도망쳤던 건달들도 현실적이고요. 오직 죽은 자들만이 실리를 따지지 않아요. 이제 저는 현실을 알게 됐고, 저 스스로에게 침을 뱉어요. 저는 떠날 거예요. 지금 바로.

앤 (멈추게 하려고 그에게 다가간다.) 나도 같이 가겠어…….

크리스 안 돼, 앤.

앤 크리스, 나는 당신에게 조 아저씨에 대해 뭔가 해 달라고 한 적 없어.

크리스 넌 그렇게 하고 있어, 그렇게 하고 있는 거야…….

앤 그러지 않겠다고 맹세할게.

크리스 마음속에서는 언제나 그렇게 할 거야.

앤 그러면 해야만 하는 일을 하든가!

크리스 뭘? 할 일이 뭐가 있는데? 나는 밤새도록 아버질 고통 스럽게 할 만한 이유를 찾아 헤맸어.

앤 이유가 여기 있잖아, 이유가 있다고!

크리스 무슨 이유? 내가 그분을 감옥에 보내면 죽은 사람들 이 살아 돌아오나? 그게 아니라면 뭘 위해서 그렇게 해야 해? 우리는 개 같은 인간들을 총으로 쐈어. 거기 에는 진짜 명예가 있었지. 뭔가를 지키기 위한 것이었 으니까. 하지만 여긴? 이 땅은 거물급 개들의 나라야. 이곳에서는 인간을 사랑하지 않아. 잡아먹을 뿐이야! 그게 법칙이지. 우리의 유일한 생존 법칙……. 이번에 는 단지 그저 몇 명쯤 죽는 일이 벌어졌을 뿐이야. 그 게 다야. 세상이 그런 식인데, 내가 어떻게 아버지에 게 화를 풀겠어? 그게 뭐라고? 여긴 동물원이야, 동물 원이라고!

앤 (어머니에게) 아주머니는 크리스가 해야 할 일을 아시 잖아요! 크리스에게 말씀해 주세요!

어머니 떠나게 내버려 두렴.

앤 저는 크리스가 가도록 내버려 둘 수 없어요. 크리스가 해야만 하는 일을 아주머니가 말씀해 주세요…….

어머니 애니!

앤   그렇다면 제가 말하죠. (켈러가 집으로부터 등장한다. 크
        리스, 아버지를 보고 무대 앞 오른쪽 정자 가까이 간다.)

켈러   도대체 어떻게 된 일이냐? 너랑 얘기를 하고 싶다.

크리스 전 아버지께 드릴 말씀 없어요.

켈러   (그의 팔을 잡으며) 얘기를 하고 싶다고!

크리스 (격렬하게 뿌리치면서) 그만하세요, 아버지. 자꾸 이러
        시면 저도 아버지 마음에 상처를 입히게 될 거예요. 저
        는 드릴 말씀이 아무것도 없으니까, 빨리 말씀하세요.

켈러   정확히 뭐가 문제니? 뭐가 문제야? 너한테 돈이 너무
        많아서 그런 거냐? 그게 널 괴롭히는 거냐?

크리스 (날카롭게 빈정대며) 그게 절 괴롭혀요.

켈러   만약 정 그 돈에 익숙해질 수가 없다면 다 내다 버려
        라. 듣고 있니? 1센트까지 다 가져다 자선 단체에 줘
        버리든지, 하수구에 처넣으라고. 그럼 해결되겠니?
        하수구에 버리면 그걸로 끝나겠지. 내가 농담하는 것
        같으냐? 난 네가 어떻게 해야 할지 말하고 있는 거야.
        그 돈이 더럽다면 태워 버려라. 그건 네 돈이지 내 돈
        은 아니니까. 나는 쓸모없는 인간이야. 늙고, 쓸모없
        는 인간이라고. 내 것 같은 건 아무것도 없다. 자, 내게
        말해 봐라! 네가 하고 싶은 게 뭔지 말이다!

크리스 그건 제가 하고 싶은 게 아니에요. 아버지가 하고 싶
        어 하시는 거지.

켈러   내가 뭘 하고 싶어 해야 하는데? (크리스, 침묵한다.) 감
        옥이니? 넌 내가 감옥에 가길 바라는 거니? 감옥에 가

길 바란다면 그렇게 말하라고! 거기가 내가 있을 곳이냐? 그렇다면 그렇다고 말해! (잠시 말을 멈춘다.) 뭐가 문제냐. 왜 내게 말을 못 하지? (격노해서) 다른 모든 건 잘도 말하더니만, 그것도 말해 보라고! (잠시 말을 멈춘다.) 네가 왜 그 말을 못 하는지 내가 말해 주마. 왜냐하면 내가 거기 있을 게 아니라는 걸 너도 알기 때문이지. 네가 알기 때문이란 말이다! (점점 더 격정적으로 역설하며, 끊임없이 필사적인 어조로) 그 전쟁에서 공짜로 일을 한 사람이 누구냐? 사람들이 공짜로 일해 주면, 나도 공짜로 일하겠다. 사람들이 돈 받기 전에 총과 트럭을 디트로이트로 선적했을까? 그 돈은 깨끗한 거냐? 그 돈은 달러, 1센트, 5센트, 10센트 동전이다. 전쟁 때나 평화로울 때나, 똑같은 5센트, 10센트 동전이라고. 뭐가 깨끗하단 말이냐? 내가 감옥에 간다면 이 빌어먹을 나라 절반이 감옥에 갇혀야 해! 그게 네가 내게 그렇게 말 못 하는 이유다.

크리스   정확히 그 이유가 맞아요.

켈러   그렇다면…… 왜 내가 나쁜 거냐?

크리스   저는 아버지가 대부분의 다른 사람들보다 더 나쁘지 않단 걸 알아요. 하지만 전 아버지가 더 좋은 사람이라고 생각했어요. 결코 아버지를 그냥 보통 사람으로 본 적이 없다고요. 저는 제 아버지로 본 거예요. (거의 비탄에 잠겨) 이런 식으로는 아버지를 볼 수가 없어요. 저 자신을 볼 수가 없다고요! (켈러를 마주 보지 못해 외면한다. 앤, 재빨리 어머니에게로 간다. 그리고 그녀에게서 편지를 빼앗아 크리스를 향해 간다. 어머니, 즉각적으로 앤을 저지하려고 달려든다.)

어머니 그걸 이리 내라!

앤 크리스는 이걸 읽어야 해요! (그녀는 크리스 손에 편지를 쥐어 준다.) 래리가, 그가 죽던 날 내게 이 편질 썼어…….

켈러 래리가?

어머니 크리스, 그건 너한테 온 편지가 아니야. (그는 읽기 시작한다.) 여보…… 저리 가세요…….

켈러 (어리둥절하고, 겁이 나서) 앤이 뭐라는 거요, 래리가 뭐라고……?

어머니 (필사적으로 켈러를 골목길 쪽으로 민다, 크리스를 흘깃 보면서) 길가로 가세요, 여보, 길에 나가시라고요! (켈러 곁으로 내려온다.) 그러지 마라, 크리스……. (전력을 다해 간청하며) 아버지께 말하지 마…….

크리스 (조용히) 삼 년 반 동안…… 말하고 말했어요. 이제 제게 말해 주세요. 아버지가 무엇을 하셔야 하는지를……. 래리가 죽은 이유가 이거라고요. 자, 이제 아버지가 어디 있어야 할지 말씀해 보세요.

켈러 (간청하며) 크리스, 사람들이 세상을 살면서 다 예수님이 될 수는 없어!

크리스 저도 세상살이가 뭔지 다 알아요. 모든 쓰레기 같은 얘기들을요. 이제 이걸 들어 보시고, 인간이 어떤 존재여야만 하는지 말씀해 주세요! (편지를 읽는다.) "내 사랑하는 앤에게……." 듣고 계세요? 래리가 죽던 날 이 편질 썼어요. 들어 보세요. 울지만 마시고…… 들어 보세요! "내 사랑하는 앤에게. 내가 느끼는 것을 글로 표현하기가 어렵구나. 하지만 너에게 뭐라도 말해야만 돼. 어제 미국에서 신문이 잔뜩 공수되어 왔어. 우리 아버지와 너희 아버지가 유죄 선고를 받았다는 기사를 읽었어. 나 자신을 표현할 수가 없어. 어떤 기분인지 네게 말할 수가 없어. 나는 더 이상 살아 있다는 것을 견딜 수가 없어. 어젯밤 부대로 돌아오기 전 군 기지를 이십 분 동안 선회했어. 어떻게 아버지가 그런 일을 하실 수 있었지? 매일 같이 서너 명씩 다시는 돌아오지 않아. 그런데 아버지는 거기 앉아서 사업을 하고 계셨다니……. 내 기분을 너에게 어떻게 말해야 할지 알 수가 없구나……. 다른 사람들 얼굴을 쳐다볼 수가 없어……. 몇 분 뒤면 임무를 띠고 나가야만 한다. 사람들은 아마도 내가 실종되었다고 보도하겠지. 만일 그런 보도가 나온다면, 너는 날 기다려선 안 된다는 걸 알고 있었으면 해. 네게 고백하지만, 앤, 만일 아버지가 지금 여기 계셨더라면 나는 아버지를 죽였을 거야." (켈러가 크리스의 손에서 편지를 낚아채어 읽는다. 한참 말을 멈춘다.) 자, 세상을 비난해 보세요. 그 편지 내용을 이해하시겠어요?

켈러   (거의 들리지 않을 정도의 목소리로) 그런 것 같구나. 차를 가져와라. 내 재킷을 입어야겠다. (돌아서서 천천히 집을 향해 간다. 어머니가 막으려고 달려간다.)

어머니   왜 나가시려는 거예요? 주무셔야죠, 왜 나가시려는 거
　　　　 예요?

켈러   여기선 잠을 잘 수가 없어. 나가면 기분이 더 나아질
　　　　 것 같소.

어머니   당신은 너무 어리석어요. 래리 역시 당신 아들이었어
　　　　 요, 안 그런가요? 당신에게 이렇게 하라고 말할 애가
　　　　 절대 아니란 건 당신도 알아요.

켈러   (손에 든 편지를 보며) 이 편지가 내게 그렇게 말하는
　　　　 게 아니라면 이 편지는 대체 뭐란 말이오? 물론이지,
　　　　 그 애는 내 아들이었어. 하지만 래리는 그들 모두가
　　　　 내 아들이었다고 생각해. 그리고 내 생각에도 그들이
　　　　 내 아들이었던 것 같군. 그들이 내 아들이었던 것 같
　　　　 아. 곧 내려오겠소. (집 안으로 퇴장한다.)

어머니   (크리스에게, 단호히) 넌 아버지를 데려갈 수 없다!

크리스   모셔 갈 거예요.

어머니   그건 네게 달린 문제야. 네가 아버지께 집에 계시라고
　　　　 하면, 그러실 거야. 가서 아버지께 말씀드려!

크리스   이제 아무도 아버질 막을 수 없어요.

어머니   네가 막을 거야! 아버지가 얼마나 오래 감옥에 사시
　　　　 겠니? 너는 아버지를 죽이려는 거니?

크리스   (편지를 내밀면서) 어머니도 이 편질 읽으신 줄 알았
　　　　 어요!

어머니   (래리와 그 편지에 대해서) 전쟁은 끝났어! 못 들었니?

전쟁은 끝났다고!

크리스 그러면 어머니께 래리는 대체 뭐였나요? 물속에 떨어진 돌멩이인가요? 유감스럽다고 하는 것만으로는 래리에게 충분하지 않아요. 래리는 어머니 아버지가 유감스러워하시라고 스스로 목숨을 끊은 게 아니에요.

어머니 우리가 이 이상 더 뭐가 될 수 있겠니?

크리스 더 나은 사람이 될 수 있어요! 단 한 번만이라도 우리 말고 다른 사람들로 이루어진 세계가 있다는 것과 거기에 대한 우리의 책임을 아는 것 말이에요. 만일 그걸 모르신다면 두 분은 당신 아들을 저버린 거예요. 왜냐하면 그게 바로 래리가 죽은 이유니까요.

(집 안에서 총성이 울린다. 아주 잠깐 모두 얼어붙은 듯 서 있다. 크리스, 포치로 간다. 층계에서 걸음을 멈추고 앤을 돌아본다.)

크리스 짐을 찾아봐! (그는 집 안으로 들어가고 앤은 진입로로 달려간다. 어머니는 홀로 서 있다. 꼼짝도 하지 않는다.)

어머니 (낮게, 거의 신음조로) 조…… 조…… 조…… 조……. (크리스, 집에서 나와 어머니의 두 팔에 안긴다.)

크리스 (거의 울음을 터뜨릴 듯이) 어머니, 그러려던 게 아니었어요…….

어머니 그러지 마라, 애야. 네 책임이라고 생각하지 마. 이제 잊어라. 살아가야지. (크리스, 마치 대답하려는 듯 움직인다.) 쉿……. (크리스의 팔을 부드럽게 내려놓고서 포치

로 걸어간다.) 쉿……. (포치 계단에 이르러 흐느끼기 시작
한다. 그때.)

막이 내린다.

작품 해설

아서 밀러는 1915년 10월 17일 뉴욕 시 할렘에서 폴란드계 유대인인 이시도어 밀러와 어거스타 밀러의 세 자녀 중 둘째로 태어났다. 당시 할렘은 미국 중상층에 속하는 독일계와 이탈리아계 이민자들, 흑인과 유대인들이 주로 모여 살던 지역이어서 어린 시절 밀러는 유대인 차별이 없는 환경에서 자랐다. 밀러의 부친은 어린 시절 폴란드 시골 마을에서 이민 온 사람으로 정규 교육은 거의 받지 못했지만, 밀러가 태어날 무렵에는 의복 공장을 운영하는 성공한 사업가였다. 그러나 밀러의 유복한 어린 시절은 그가 열네 살이 되던 1929년 뉴욕의 주식 시장이 붕괴되고 그로인해 부친의 사업이 실패하면서 끝이 났다. 고등학교를 졸업하고 이 년간 공장에서 일한 다음 미시간 대학에 진학한 밀러는 재학 중 쓴 「악당은 없다」와 「새벽의 명예」로 교내 애버리 홉우드 드라마상을 수상했다. 그

후 1944년 그의 첫 번째 브로드웨이 공연작인「모든 행운을 가졌던 남자」가 단 4회 공연으로 막을 내리게 된 후, 밀러는 극작가로서의 가능성을 시험해 보고자「모두가 나의 아들」을 썼다. 1947년 1월 29일 브로드웨이 코로넷 극장에서 초연된 이 작품은 총 328회나 공연되었고 밀러는 신진 극작가로 화려하게 등장했다. 같은 해 이 작품은 유진 오닐의「얼음 장수 오다」를 물리치고 뉴욕 비평가 협회상을 수상하고, 이어서 토니상 작품상도 수상했으며, 이 작품을 연출한 엘리아 카잔은 토니상 연출가상을 수상했다. 이 작품은 실제로 2차 대전 당시 결함 있는 부품을 군에 납품했던 한 남자가 딸에 의해서 고발당했던 실화를 바탕으로 쓰였다.

밀러의 작품 세계를 구성하는 주요한 근간을 이루는 사건은 경제 대공황과 유대인 학살 사건이다. 뉴욕 월가 주식 시장의 붕괴로 촉발된 경제 공황은 미국의 꿈과 성공신화, 두 번째 기회의 가능성에 대한 미국인들의 깊은 신봉을 일순간에 악몽으로 바꾸어 놓았다. 경제 공황으로 사라진 것은 단순히 물질적인 풍요로움이 아니라 희망 그 자체였다. 모든 이민자들에게 미국은 약속의 땅이었다. 밀러는 이 같은 상황에서 혁명이 일어나지 않는 이유는 미국인들이 자신들이 겪는 불행의 원인을 사회경제적 시스템이 아니라 스스로의 잘못을 받아들였기때문이라고 보았다. 동시대 작가들에 대한 밀러의 비판은 준열하다. 아버지 세대의 패배주의를 극복하고 종교, 정치, 사회적 측면에서 혁명적 비전을 제시해야 할 작가들이 과거를 거부할 뿐만 아니라 전통에 대한 의식이 희박하고, 위대한 미국적 소설과 드라마를 쓰기 보다는 항상 자신이 최초의 것을 쓰고자하는 열망을 지니고 있다는 것이다. 밀러는 "미국 작가들은 스스로 잉태되고 만들어져서, 새롭게 땅에서 솟아나고 하늘에서 떨어진 존재들이다. 마치 그들이 경멸하는 비즈니스맨들과 같다."*고 비판한다. 밀러의 작품에서 경제 공황은 미국사회의 표면에 가려진 위선을 폭로하는 도덕적 재앙의 구체적인 증거나 상징으로 빈번하게 등장한다. 「세일즈맨의 죽음」은 경제 공황을 극복하고 이제는 풍요로워진 미국 사회를 배경으로 하고 있지만, 경제위기는 어느 순간 닥쳐올 수 있으며, 물질적 성공 또한 어느 순간 사라질 수 있다는 의식이 바탕에 깔려 있다. 밀러는 관객들에게 이처럼 그들이 잊고자 하는 과거를 지속적으로 상기시킨다.

「모두가 나의 아들」은 과거의 행위가 야기하는 인과 관계를 인식하고 그에 따른 도덕적 책임을 받아들이는 과정을 다루고 있다. 이 극에서 과거는 묻히거나 잊힌 존재가 아니라 끊임없이 현재에 영향을 미치는 존재이다. 입센의 중기 사회극 구조를 그대로 따르는 이 극이 클라이맥스를 향해 직선적으로 진행해 가는 과정에서 과거의 사건과 그 도덕적 파장이 드러나고, 현재와 과거가 중첩되면서 진실과 허상 사이의 갈등 또한 밝혀진다. 여기서 과거와 현재, 미래의 시간은 심리적으로 공존한다. 책임을 회피하려는 개인의 욕구와 사회적 연대 의식 사이에서 일어나는 갈등의 동력은 이미 과거에 발생했고, 현

---

* Arthur Miller, *Timebends: A Life*. (New York: Grove Press, 1987), p. 115.

재는 일상의 삶 표면 아래에 정지되어 있을 뿐이다. 과거를 완전한 정직함으로 대면할 수 있는 사람은 없으며, 미래는 약속과 함께 위협을 동반한다. 살아 있는 자들이 하는 어떤 행위도 과거의 일을 바꿀 수는 없다. 따라서 살아 있는 자들에게 주어진 과제는 과거의 진실을 외면하고 책임을 회피하며 개인과 공동체가 서로 연결되어 있다는 것을 부인할 것인가, 아니면 받아들일 것인가에 대한 선택의 문제들이다.* 「모두가 나의 아들」에서 밀러는 바로 이러한 문제를 심층적으로 파고든다.

이 극의 플롯은 표면상으로는 단순 명료하다. 미국 중서부 지역에서 비행기 부속품 제조 공장을 운영하는 조 켈러는 2차 대전 중에 군의 독촉에 떠밀려서 부득이 미세한 결함이 있는 실린더 헤드를 군 당국에 납품한다. 납품을 제때에 못 하면 계약이 취소되고, 따라서 아들들에게 물려줄 사업이 위기에 처할 것이라는 두려움에서 조 켈러는 그 같은 결정을 내린다. 그는 병에 걸렸다는 핑계를 대고 출근하지 않은 채, 동업자에게 전화로 부품을 선적하라는 지시를 내리고, 그 결과 스물한 명의 젊은 조종사들이 죽는다. 재판 과정에서 조 켈러는 전화 통화의 증거 입증이 어려워 무죄가 되고, 그의 지시를 따른 친구이자 이웃인 존 디버는 감옥 형을 선고받고 가족과 관계가 단절된다. 조 켈러는 이런 과거를 묻어 둔 채 현재는 사업상 더 큰 성공을 거두고 주위에서 좋은 이웃으로 살아가고 있다.

---

* Christopher Bigsby, "Introduction," *All My Sons*. (Penguin Classics, 2000), p. x.

극은 8월 어느 일요일 아침 평온한 일상으로 시작한다. 막이 오르면 조 켈러는 식사 후 집 뒤뜰 안에서 일요판 신문을 읽고 있다. 때는 여름의 절정이 지나면서 정원의 풀들이 가을을 예고하는 시점이다. 극의 배경이 되는 조 켈러의 집 뒤뜰은 사방이 키 큰 포플러 나무로 촘촘하게 둘러싸여 있어서 외부와 단절된 분위기를 연출한다. 이 같은 분위기는 조 켈러의 근시안적인 가치관과 가족들의 도덕적 고립 상태를 보여 주는 동시에, 억눌렸던 감정들과 비밀이 분출하는 과정이 더 큰 폭발력을 갖도록 만든다. 이 분위기 안에서 앞으로 전개될 두렵고 무서운 상황의 단초가 드러난다. 우리는 곧 지난밤에 폭풍이 불어서 래리를 기념하기 위해서 심은 사과나무 가지가 부러진 사실을 알게 되고 어머니 케이트가 래리의 꿈을 꾼 것을 알게 된다. 크리스가 래리의 약혼자 앤과의 결혼을 위해서 그녀를 초청함으로써 불안감과 긴장감이 감돌기 시작한다. 두 사람의 결혼을 반대하는 이유들이 차츰 과거에 있었던 켈러의 범죄 행위로 응집되어 간다.

극의 시초부터 조 켈러는 자신감 아래에 불안감을 숨기고 있다. 그는 동네 아이들과 형사 놀이를 하면서 지하실에 감옥이 있다는 말을 한다. 아내가 이를 비난하자 그는 '내가 숨길 게 뭐가 있는가.'라고 반문한다. 극은 바로 켈러와 가족이 숨기고 있는 것이 밝혀진 이후의 상황을 심층적으로 다룬다. 앤과 조지의 등장으로 자신의 묻어 두었던 과거의 행위가 밝혀지자 조 켈러는 가족을 위한 행위는 정당화될 수 있다고 주장하면서 책임을 회피한다. 그는 자신의 울타리 안에 갇힌 채 타인과의 관계망을 인정하지 않는 것이다. 그에게는 가족보다 더 큰 가치는 존재하지 않기 때문이다. 조 켈러는 아들에게 사업을 물려주고 가족의 경제적인 풍족함을 유지하는 능력 있는 아버지 상에 함몰되어서 자신의 행동이 야기하는 결과에 관심을 두지 않으며, 그 같은 행위가 결국은 자신을 파멸로 이끄는 것임을 인식하지 못한다. 조 켈러가 자신의 결백을 주장하면서 범죄 행위의 인정을 거부하는 행위는 반사회적 행동을 정당화함으로써 사회와의 접촉의 가치를 무화시키고 비인간화시킨다. 그 뿐만 아니라 개인의 고통을 심화시키고 회복될 수 없는 소외의 감정을 불러온 끝에 결국은 절망 속에서 비극적 결말을 가져오게 만드는 것이다.*

켈러 집안의 사람들은 겉으로는 모두 전장의 상흔을 극복하고 현실로 돌아와 여전히 유효한 미국의 꿈을 따르고 있는 것처럼 보이지만, 극 전반에 걸쳐 한 번도 등장하지 않는 래리의 존재처럼 기억의 저편에 존재하고 있는 진실을 모두 외면한 채 살고 있다. 조 켈러는 신문을 즐겨 보지만 새로운 소식을 읽는 것이 아니라 언제나 광고란만 읽는다. 그는 광고를 통해서 무엇인가를 끊임없이 필요로 하는 사람들에게서 깊은 동질감을 느끼는 것이다. 케이트는 크리스가 동생 래리의 약혼녀였던 앤과 결혼하려고 하는 것을 인정할 수가 없다. 가족과 이웃들이 모두 받아들이고 있는 래리의 사망을 그녀는 인

---

* Steven R. Centola, "All My Sons," *The Cambridge Companion to Arthur Miller*, Cambridge Univ. Press, 1997, p. 53.

정하려 하지 않기 때문이다. 크리스는 부하장병들의 희생을 담보로 살아가는 현실에 대한 죄의식과 가족들의 행복을 저당 잡고 있는 동생의 존재에 대해 영원한 상실감을 품고 있다. 이처럼 조와 케이트, 크리스는 전쟁의 혼란과 파괴 후 일상으로 복귀했고 물질적 성공이라는 자신들의 신념을 추구하는 데 최선을 다하지만, 자신들의 맹목적 믿음에 무엇인가 결여되어 있음을 무의식중에 인식하고 있는 것이다.

밀러는 조 켈러를 통해서 사회와의 연관 관계를 부인하는 인물의 심리를 파헤친다. 조 켈러는 제대로 된 교육을 받지 못했지만 자신의 힘으로 노력해서 현재의 사업과 부를 이룬 인물이다. 그에게 가장 중요한 것은 생존하는 것이고, 경제 대공황 시기를 겪은 그는 자신의 토대가 얼마나 허약한 것인지 잘 알고 있다. 그의 생존 전략은 자신의 이익을 최우선시 하고, 자신에게 불리한 경우에는 자신의 행동 결과에 눈을 감고 이 세상일에 관여하기를 거부하는 것이다. 그의 극단적인 실용주의는 필요할 때는 스스로를 경쟁 사회의 피해자로 인식하게 만든다. 조 켈러의 몰락과 함께 밀러는 케이트와 크리스, 그리고 앤과 래리, 더 나아가서는 이웃들이 어떻게 조 켈러의 자기기만적 행위에 의식적, 무의식적으로 동조해 왔는가를 파헤친다. 이들은 정도의 차이는 있지만 모두가 이기적인 동기를 가지고 행동한다. 이 극에서 이기심은 개인적인 차원과 사회적 차원에서 거부와 배신의 핵심적 원인이 된다.* 그리고

---

* Bigsby, "Introduction" p. xi.

이기심의 밑바닥에는 물질적인 안정에 대한 갈망이 자리 잡고 있다. 조 켈러의 집에서 돈의 중요성은 반복적으로 언급되며, 극중 인물들은 그들의 이상이나 희망을 포기하는 이유가 돈 때문이라고 말한다. 조 켈러의 이웃인 의사는 아내의 요구에 따라 연구를 포기하고 개업의가 되지만, 자신의 꿈을 이루지 못한 것을 늘 후회한다. 또 다른 이웃은 전쟁 중 군대에 가지 않았기 때문에 경제적으로 더욱 안정된 생활을 할 수가 있게 된다. 조 켈러는 전쟁 중 사업을 하던 사람들은 모두가 다 돈을 위해서였다고 주장한다. 돈은 곧 전쟁 중 무명의 병사들이 보여 주는 이상주의와 대비되는 가치를 상징한다.

조 켈러와 마찬가지로 케이트도 자기기만과 거짓말로 아들의 죽음과 남편의 범죄에 눈을 감는 거부의 자세를 취한다. 아들 래리의 죽음을 인정하는 것은 곧 남편의 죄를 인정하는 것이 되므로 케이트는 별자리 점에 매달려서 아들이 어딘가에 살아 있다고 믿는다. 그러나 래리의 편지에서 그가 부친의 행위에 대한 죄의식에서 자살 비행을 했다는 사실이 밝혀졌음에도 정작 케이트는 큰 충격을 받은 것으로 보이지 않는다. 그녀는 이미 아들의 죽음을 받아들이고 있었기 때문이다. 케이트는 남편에게 진실을 대면하라고 촉구하기보다는 그의 죄를 감싸고 은폐하는 데 일조한다. 그녀는 조지에게 남편이 평생 아픈 적이 없다는 말을 함으로써 그가 병으로 공장에 나갈 수 없었다는 핑계가 거짓임을 드러낸다. 그녀는 진실을 외면하고 인과 관계를 부인하려고 애쓴다. 그녀의 불안과 두려움이 현실로 나타나지 않기 위해서는 시간은 정지되어야 한다.

조 켈러가 가정을 이유로 자신의 행동을 정당화했듯이 케이트 또한 가정이 그녀의 삶의 전부이다. 케이트가 남편의 행위를 용납할 수 있는 것은 오로지 그것이 아들들을 위한 것이기 때문이다.

크리스 역시 이 가족이 당면하고 있는 딜레마에 책임이 있다. 그가 어머니에게 래리의 죽음을 인정하라고 요구하는 것은 그녀가 진실을 대면해야 하기 때문이라기보다는 앤과의 결혼을 위한 다소 이기적인 이유에서이다. 크리스는 자신이 원하는 것을 얻으려 할 때마다 그것이 다른 사람에게 고통을 줄 것이므로 항상 뒤로 물러섰다고 말한다. 크리스의 애매한 이상주의적 태도의 허점을 이웃인 수 베일리스는 신랄하게 비난한다. 다른 사람들에게는 이룰 수 없는 이상을 실천하라고 하고 자신은 마치 타협을 하지 않는 듯 진실을 추구하는 크리스의자세는 결국 자신의 도덕적 실수를 외면하게 만든다. 크리스는 전쟁 중 부하 장병들이 동료를 구하기 위해서 목숨을 버리는 행위를 목격한다. 그러나 이들이 보여 준 서로에 대한 연대 의식은 전쟁이 끝난 다음의 일상과는 아무런 연관이 없다. 그는 물질주의가 팽배하고 부의 축적만이 삶의 목표가 되는 현실에 절망하지만 부친의 사업에 참여해서 혜택을 누리고 있다. 그러면서도 부친의 회사 이름에 자신의 이름을 올리는 것에는 주저한다. 그는 자신의 현재 위치와는 어울리지 않는 이상주의에 집착해서 자신의 이름을 지키려고 한다.

밀러의 연극에서 이름은 중요한 상징성을 지닌다. 이름은 개인의 존엄성을 대변하며, 이름을 더럽히는 것은 곧 그의 인간다운 존엄성을 파괴하는 행위이다. 앤의 부친은 바로 그 이름과 명예, 사회적 신망을 잃었지만, 조 켈러는 자신과 자신의 행동 사이의 연관성을 거부함으로써 그 이름을 지켰다. 그러나 스스로가 만든 허상에 집착함으로써 이름을 지킨 조 켈러와 크리스는 그 대가를 치르게 된다. 자신이 우상시해 온 부친의 이미지가 깨어지는 순간 자신의 한계를 인정해야 하는 두려움 때문에 크리스는 부친의 죄와 대면하기를 회피해 왔다. 따라서 크리스가 부친의 범죄 행위를 비난할 때 그의 이상주의와 도덕성은 공허하게 들린다. 아들에게 도전을 당하기 전까지 조 켈러는 자신의 행동에 내포된 도덕적 결함을 인식하지 못한다. 그러나 마침내 죽은 조종사 모두가 자신의 아들임을 깨닫게 된 그는 죄의식과 수치심에서 총으로 자살을 한다. 그의 자살은 부친의 범죄 행위를 극복하지 못한 래리의 자살 비행과 그 맥을 같이 한다.

켈러 집안의 사람들이 직면해서 해결해야 하는 문제는 조종사들의 죽음을 초래한 사회적 정의 차원에의 문제만이 아니다. 보다 중요한 것은 범죄 사실을 숨기기 위해 자신들의 기억도 제조해 냄으로써 또 다른 허위 신화를 만들어 냈다는 점이다. 크리스는 아버지의 명예를 의심하지 않으며, 이웃 사람들도 사건의 진실을 알고 있지만 침묵을 지킴으로써 조 켈러가 허위 신화를 유지해 나가는 데 일조한다. 켈러 집안의 날조된 신화를 지키기 위해서 조 켈러와 케이트를 비롯한 기성세대는 앞으로 나아가지 못한 채 제자리를 빙빙 돌며 과거의 무게에 억눌리고 있다. 그러나 조 켈러가 만들어 낸 영웅 신화는 다음 세대가 그를 악당으로 만들어 버림으로써 탈신화화된다. 조 켈러는 자신이 평생 맹목적으로 신봉해 온 가치관의 붕괴하고, 스스로 은폐하려한 진실을 마주한 후 자살하고 크리스는 고향을 떠남으로써 켈러 집안의 허위 신화는 비극적인 막을 내리게 된다.

켈러 집안에 닥친 비극의 또 다른 축은 부자간의 가치관의 대립이다. 조 켈러가 전후 산업화된 미국 사회에서 비윤리적이고 비인간적인 물질주의적 가치관을 대변한다면, 크리스는 미국의 건국 신화에서 이념화되었던 순수한 이상주의를 대변한다. 조 켈러에게 있어 돈은 유일하게 가장 소중한 가족의 유산으로서 자신이 저지른 범죄에 대한 정당성마저 획득할 수 있도록 해 주는 수단이다. 물질적 성공은 조 켈러가 추구해야할 최상의 가치였다. 그의 범죄 사실이 밝혀지고 그로 인해 분노와 절망에 휩싸여 있는 크리스를 마주하기 위해서는 아들에게 사과해야 한다고 케이트가 조언하자, 조 켈러는 가족들이 원해서, 가족들을 위해서 돈을 벌어다 준 자신이 왜 사과를 해야 하느냐며 항변한다. 그가 추구했던 자본주의적 기업 윤리는 사회적, 도덕적 책임은 무시한 채 이기적인 가족 중심주의와 비인도적인 사회의식을 기반으로 한 것이기 때문이다.

크리스는 이에 반해서 미국의 꿈이 간직하고 있는 미국적 이상향을 향한 도덕적이고 순수한 소명 의식과 자기희생적 인류애의 편린을 지니고 있는 인물이다. 그는 앤과의 결혼을 반대하는 어머니 때문에 고민하고 자신이 원하는 것은 타인의 고통을 기반으로 이루어졌다고 탄식한다. 그는 부모나 이

웃 사람들과 달리 거짓된 사회의 악과 위선을 감내할 만한 능력이 없다. 따라서 그는 아버지의 범행을 묵인하기보다는 아버지에게 자수를 종용한다. 이와 같은 크리스의 도덕적 순수성과 완벽함에 대한 추구는 때로는 너무 지나치게 관념적이고 자기 모순적이어서 현실과 괴리된 채 주변 사람들을 불행하게 한다. 또한 그는 전장에서의 수많은 숭고한 희생을 대가로 이룩된 현재의 평화와 풍요 속에서 끊임없이 죄의식으로 괴로워하고 자본주의 양육강식의 세계의 속성에 분노하면서도, 다시 그 치열한 세계에 뛰어들어 아버지의 사업을 돕는 모순을 드러낸다.

조 켈러가 죗값을 치르게 되는 것은 아버지의 부도덕성과 비인간성에 분노했던 크리스 때문이 아니라 아버지 대신 속죄하겠다던 래리의 편지를 통해서이다. 크리스의 도덕적 순수성이나 그의 부하 장병들이 보여준 이타적 자기희생은 20세기 전후 현대 미국 사회를 살아나가는 데 효과적인 대안이 되어줄 수 없다. 밀러는 「모두가 내 아들」을 통해서 건국 초기부터 미국 사회의 이념적 기틀을 마련해 주었던 미국의 꿈이 어떻게 태생적으로 모순적이고 자가당착적인 가치였는지를 역설하고 있다. 그는 전후 자본주의 미국 사회에서 물질적인 가치의 추구와 이상적인 가치의 추구로 갈등하고 대립하는 조 켈러와 크리스 켈러 부자를 등장시켜 이들의 비극을 개인적 차원에서 머무르게 하지 않고 사회적 차원으로 확대시킨다. 그러나 밀러는 미국의 건국 신화의 허구성을 드러내고 그것을 탈신비화하는 과정에서 그 어느 쪽에도 명백한 편을 들어 주지 않음으로써 개인과 사회 공동의 고민과 책임을 다시 한 번 강조한다.

　제목이 시사하듯 「모두가 내 아들」은 과거의 행위가 인과 관계를 통해서 현재에 미치는 영향과 개인의 사회에 대한 책임 의식을 다룬다. 1930년대의 시대정신이기도 했던 인간 사이의 유대감에 대한 믿음을 바탕으로 하는 이 극은 보다 심리적인 차원에서 그 유대감 속에 스며들고 있는 모순을 파헤친다. 이 극이 도덕적 멜로드라마의 수준을 뛰어넘는 것은 등장인물들의 행동 동기가 문제를 야기하고, 이상주의를 추구하는 것이 일상을 지배하는 물질적 가치만큼이나 의혹을 낳고 있음을 시사하고 있기 때문이다. 이 극의 핵심에는 켈러의 범죄 행위와 그 행위의 결과로 얻어진 물질적인 풍요와 안전함이 있지만, 그 대가로 래리와 조종사들의 죽음과 존 디버의 희생이 있었다는 사실은 은폐되어 있다. 진실을 은폐하는 과정에 의식적으로든 무의식적으로 개입한 인물들은 폭로되는 진실 앞에서 각자 나름대로 도덕적 가치와 실제의 행동 사이의 괴리를 인식한다. 조 켈러의 가족은 서로를 사랑하지만 그 사랑으로 인해서 서로에게 피해를 입힌다. 조 켈러에게 도덕적 책임을 묻는 사람은 바로 자신의 아들이고, 아들과 아내는 그를 죽음으로 내몬다.

　밀러는 조 켈러의 범죄 행위가 단순히 타인의 목숨을 앗아간 행위만이 아니라, 인간 사회의 근간이 되는 서로가 연결되어 있는 존재라는 연대 의식의 사회적 의미와 관계망을 파괴한 행위로 보고 있다. 그러나 조 켈러의 자살은 앞서 래리의 자살과 같이 그 책임에 직면하기를 회피한 결과이기도 하다. 크리스가 부친에 대한 원망과 분노의 감정을 지닌 것처럼, 래리 또한 부친이 곁에 있다면 그를 죽였을 것이라는 심중을 드러낸다. 조 켈러의 죽음 또한 일종의 자기변명이고 자기변호의 행동이며 아내와 아들에 대한 무언의 반항이기도 한다. 따라서 이 극은 우리가 타인과 어떻게 관계를 맺고 있으며, 그 관계를 맺을 때 어떻게 실패하고 있는가라는 모호한 성격에 대한 물음을 또한 다루고 있다.

단순한 플롯의 바닥에는 이처럼 다층적이고 다양한 인생의 편린들이 응축되어서 나타난다. 그러나 밀러는 그에 대해 명쾌한 결론을 내리지 않는다. 이제 조 켈러의 죽음으로 막이 내리지만, 연극은 완전히 끝이 난 것이 아니라 크리스의 죄의식과 그 책임감이 남아 있다. 래리와 조 켈러의 죄의식은 끝이 나지만 짐을 진 크리스의 삶은 이제 시작이다. 조 켈러는 아들에게 인간은 완전한 존재가 아니라고 자신을 변명하지만, 크리스는 인간을 결함 있는 존재로 받아들이는 데 실패한다. 이 같은 실패로 크리스는 그가 비난했던 인간의 유대관계를 깨뜨리는 그 범죄의 공범자가 된다. 이 극이 던지는 인간의 삶이 지니는 불가사의함을 관객이 읽어 내도록 밀러는 결말을 유보한 채로 막을 내린다.

2012년 5월

최영

작가 연보

1915년   10월 17일, 아서 애스터 밀러(Arthur Aster Miller),
       뉴욕 시에서 출생.

1920~1928년   할렘에서 공립학교 다님.

1923년   슈버트 극장에서 처음으로 연극을 봄.

1928년   아버지의 사업 침체로 인해 브루클린으로 이사.

1930~1933년   고등학교 두 곳을 옮겨 다니며 미식축구 부원
       으로 활동하는 한편 빵집에서 배달 아르바이트, 여
       름 방학에는 아버지의 사업을 도와 일함.

1933~1934년   고등학교 졸업 후 시티 칼리지 야간부에 등록
       하나 두 주 만에 자퇴. 자동차 부품 회사에서 점원
       으로 일함.

1934년   미시간 대학 입학. 전공은 언론학으로, 대학 신문
       기자 및 야간 편집자 생활.

1936~1937년   엿새 만에 「악당은 없다(No Villain)」 탈고. 홉 우드 드라마 상(Hopwood Award in Drama) 수상. 영문과로 옮김.

1937년   케네스 T. 로(Kenneth T. Rowe) 교수에게 극작 수업 받음. 「악당은 없다」를 개작한 『다시 일어서는 그들(They Too Arise)』로 신인 작가상 수상. 이 작 품은 앤아버 및 디트로이트 지역에서 공연됨. 스페인 내전에 참전하지 않기로 결정.

1938년   『위대한 불복종(The Great Disobedience)』으로 홉 우드 드라마 상 2위 수상. 대학 졸업 후 할리우드 의 20세기 폭스사에서 좋은 조건에 대본 작가로 촉탁받으나 거절하고 뉴욕 시 연방 연극 프로젝트 (Federal Theater Project)에 참가해 라디오극과 드라 마 창작 활동.

1940년   메리 그레이스 슬래터리(Mary Grace Slattery)와 결혼.

1941년   브루클린 해군 조선소에서 선박 부품 설비의 야간 보조 용역으로 일하면서 라디오 드라마 창작.

1944년   「모든 행운을 가졌던 남자(The Man Who Had All the Luck)」가 브로드웨이에서 초연. 2회의 프리뷰 포함 6회의 공연 끝에 막을 내림.

1945년   소설 『포커스(Focus)』 출판. 《신대중(New Masses)》 에 「에즈라 파운드는 총살당해야 하는가?」 기고.

1947년   「모두가 나의 아들(All My Sons)」 초연, 뉴욕 연극 비평가상 수상.

1948년	코네티컷에서 「세일즈맨의 죽음」 탈고. 유럽 여행 중 유대인 수용소의 생존자들 만남.
1949년	「세일즈맨의 죽음」 초연, 퓰리처 상과 뉴욕 연극비평가상 수상. 《뉴욕 타임스》에 에세이 「평범한 사람과 비극(Tragedy and the Common Man)」 기고. '세계 평화를 위한 친 소비에트 문화 과학 컨퍼런스'에 예술 분야 의장 자격으로 참석.
1950년	헨릭 입센의 「인민의 적(An Enemy of the People)」 각색, 초연. 「갈고리(The Hook)」가 HUAC(House Un-American Activities Committee, 반미 활동 조사 위원회)의 압력으로 공연되지 못함.
1952년	「시련(The Crucible)」의 자료 조사차 세일럼의 마녀 박물관 방문.
1953년	「시련」 초연.
1955년	단막극 「다리에서 본 풍경(A View from the Bridge)」 공연.
1956년	네바다에 거주하면서 메리 슬래터리와 이혼. 「부적응자(The Misfits)」 자료 조사. 영화배우 메릴린 먼로와 결혼. HUAC 출두.
1957년	『아서 밀러 에세이 선집(Arthur Miller's Collected Essays)』 출판. HUAC에서 반미 지식인의 이름 대기를 거부했다는 이유로 의회 모욕죄로 기소됨. 단편소설 「부적응자」 발표.
1958년	항소심에서 의회 모욕죄 혐의 무죄 판결.

1961년	먼로와 이혼.「부적응자」영화 개봉.
1962년	오스트리아 출신 사진작가 잉게 모라스(Inge Morath)와 결혼.
1964년	잉게와 함께 독일의 유대인 수용소와 프랑크 푸르트 나치 전범 재판 참관.「타락 이후(After the Fall)」와「비시에서 일어난 일(Incident at Vichy)」초연.
1965년	국제문인협회(PEN) 회장으로 선출.
1978년	『아서 밀러의 연극 평론(The Theater Essays of Arthur Miller)』, 로버트 A. 마틴 편집으로 출간.
1981년	『아서 밀러 희곡 선집』전 2권 출간.
1983년	중국 베이징 인민 극장에서「세일즈맨의 죽음」연출.
1987년	자서전『시간의 굴곡(Timebends)』출간.
1991년	단막극「마지막 양키(The Last Yankee)」공연.「모건 산을 말 타고 내려가기(The Ride Down Mount Morgan)」런던에서 초연.
2005년	2월 10일 코네티컷 자택에서 심장마비로 사망.

세계문학전집 **287**

모두가 나의 아들

1판 1쇄 펴냄 2012년 5월 25일
1판 13쇄 펴냄 2024년 5월 14일

지은이 아서 밀러
옮긴이 최영
발행인 박근섭, 박상준
펴낸곳 (주)민음사

출판등록 1966. 5. 19. (제 16-490호)
서울특별시 강남구 도산대로1길 62(신사동) 강남출판문화센터 5층 (우편번호 06027)
대표전화 02-515-2000 팩시밀리 02-515-2007
www.minumsa.com

한국어 판 ⓒ (주)민음사, 2012, 2021. Printed in Seoul, Korea

ISBN 978-89-374-6287-0 04800
ISBN 978-89-374-6000-5 (세트)

세계문학전집 목록

세계문학전집은 계속 간행됩니다.